KB134068

Ein
Teppich
fürs
Leben

개암 청소년 문학 14
내 인생의 양탄자

초판 1쇄 발행 2012년 3월 5일
초판 3쇄 발행 2014년 6월 20일

글 카타리나 모렐로
옮김 안영란

펴낸곳 도서출판 개암나무(주)
펴낸이 김보경
편집장 김지연 편집 김수현 김수희
출판등록 2006년 6월 16일 제22-2944호
주소 서울특별시 마포구 만리재로 83, 12층(공덕동, 나경빌딩) (우)121-801
전화 (02)6254-0601, 6207-0603
팩스 (02)6254-0602
E-mail gaeam@gaeamnamu.co.kr
개암나무 카페 http://cafe.naver.com/gaeam

ISBN 978-89-92844-72-7 43850

내 인생의 양탄자

카타리나 모렐로 지음 | 안영란 옮김

개암나무

차 례

머리말

모로코 마라케시의 전통 시장에 가면 골목 구석구석까지 양탄자 장사들이 진을 친 일명 양탄자 골목이 있다. 가게마다 사방 벽은 물론 천정까지 온통 알록달록한 색깔의 양탄자들로 도배돼 있고, 비좁은 가게 안은 양탄자들이 산더미처럼 쌓여 있으며, 상인들은 언제라도 손님들 앞에 자칭 세계 최고의 양탄자를 펼쳐 보일 만반의 준비가 되어 있다.

저녁 무렵 양탄자 가게를 찾는 사람들 중에는 아프리카 북부의 어느 마을에서 직접 손으로 짠 양탄자를 어깨에 겹겹이 이고서 팔러 오는 베르베르 족 사람들도 있다. 그 무거운 양탄자들이 여기저기 펼쳐진 다음에야 가게 주인은 말한다.

"두 수드 가게에 가면 이런 것들은 500디르햄을 주면 살 수 있는데 자네는 얼마에 주겠나?"

특별히 아름다운 작품이라면 그 정도의 값은 물론 받을 수 있고 심지어 그보다 열배는 값이 올라갈 수 있다.

흥정이 이루어지고, 그 베르베르 인이 구매자가 모르는 이라면 베르베르 인은 자신의 신분을 증명해 보여야 할 것이다. 하지만 베르베르 인들은 신분증조차 지참하지 않을 때가 많은데 그래도 굳이 양탄자를 팔고 싶다면 보증인을 세워야 한다. 그들에게는 이 보증인이 뉴욕이나 도쿄의 증권보다 더 가치 있고 중요하다. 보증인을 세우지 못한다면 기껏 흥정해 놓은 매매가는 단박에 곤두박질쳐 버린다.

그만큼 여기서는 어떤 증서보다도 신용을 바탕으로 한 인맥이 중요하며, 이것은 비단 마라케시의 재래시장뿐만이 아니라 국제시장에서도 마찬가지이다. 거래와 흥정이 이루어지는 모든 곳에서 말이다.

이 책에는 작은 시장 이야기들이 나온다. 다른 말로 세상의 뒷마당이나 무대 뒤편 이야기들이지만 흥정의 원리와 본보기가 고스란히 녹아 있다. 거기서 계약이 체결되고, 거래가 성사되거나 틀어지고, 사람들을 만나고, 관계를 맺고, 머리싸움을 벌이고, 간혹 따귀를 갈기며 싸우고, 화해하고, 생존 혹은 공존할 길을 찾는다. 칠레의 작은 마을의 한 소년은 축구공 하나를 밑천 삼아 사업 구상을 키우는가 하면, 이고르 아저씨는 케이크를 가지고 모스크바행 야간열차를 타고, 남아프리카의 여인들은 해바라기를 키워 세상에 그들만의 보금자리를 짓는 꿈을 꾼다.

일상의 소소한 일들은 거대하고 복잡해진 글로벌 사회에

서 자칫 소홀히 보아 넘길 수 있는 사실 하나를 일깨워 준다. 시장과 거래에는 인간적인 얼굴이 있다는 사실 말이다. 흥정과 거래는 그것이 뒷거래이든 국제적 관심사이든, 언제나 무형의 제도가 아니라 사람들이 움직이는 것이다. 나에게 누군가가 간절히 원하지만 가지지 못한 무언가가 있을 수도 있고, 또 그 반대로 내게는 없지만 그것을 가진 다른 누군가가 있을 수도 있다. 그러니 거래는 계속될 수밖에 없을 터이다. 그래서 이 책에 나오는 이야기들 속에는 언제나 희망이 숨어 있다.

그렇다면 과연 바람직한 거래는 어떤 것일까? 자신의 욕구가 다 채우는 게 곧 성공적인 거래는 아닐 것이다. 오히려 바람직하고 성공적인 거래란 정도의 차이가 있을지언정 참여자 모두의 만족과 균형을 전제로 한다.

거래와 협상은 세상과 사람을 서로 묶어 주고 공동의 관심사를 갖게 만드는데, 때로 이 공동 관심사는 경계와 한계를 초월하기도 한다.

또한 이 책에서 우리는 계속해서 양탄자들을 접한다. 후렴구처럼 반복해서 등장하는 양탄자는 사는 데 없어서는 안 될 필수품이 아닌데도 불구하고 방과 거실을 아늑하게 꾸며 주고 주변을 아름답게 만들어 주기 때문에 고대로부터 사랑을 받아 온 대표적인 교역품이다. 온갖 미적 감각과 많은 노고와 땀의 산물이기도 하면서 동시에 여타 다른 건축물과 공간의 완성과 만족감을 대변해 주기도 한다.

그리고 지극히 평범한 유럽인 안나와 오이겐, 순박하고도 약간은 미숙한 여행자인 이 둘은 이 나라 저 나라를 다니며 쇼핑을 할 때마다 자기들이 애초 원했던 것보다 더 많이 사들이는 것에 놀라곤 한다. 아마 이 책을 읽는 독자들도 가끔 이런 경험이 있을 것이다. 그래서 어쩌면 한 이야기에서 다음 이야기로 넘어가는 동안 안나와 오이겐이 조금씩 배워 가는 것을 지켜보며 잔잔한 미소를 짓게 될 것이다.

1. 내 인생의 양탄자

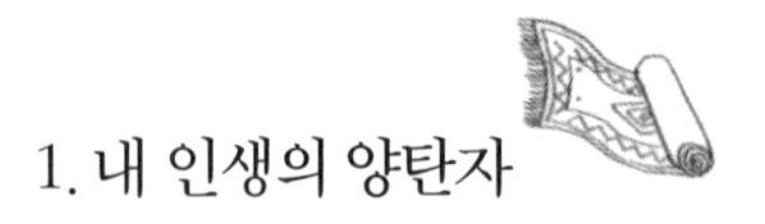

“혹시 안젤라 마기 알아요?”

깔끔하게 면도한 남자가 차창 너머에서 벙글거리며 물었다. 오이겐과 안나가 미심쩍은 눈빛을 교환했다. 안젤라 마기, 처음 듣는 이름이었다.

“잘 생각해 봐요. 아는 사람일 텐데. 왜 ‘마기 3분 수프’할 때 그 마기 있잖아요. 스위스에서 오신 분들 아닙니까?”

자기는 안젤라 마기와 친한 친구이니 모든 스위스 사람이 자기 친구라고 남자가 말했다. 그래서 그는 언제 어디서든 스위스 사람들을 돕겠노라고 하느님과 안젤라에게 약속했단다.

“잘 곳은 마련했어요?”

오이겐은 그 말을 무시하고 차 유리창을 올려 버렸다.

3월 초순, 흐리고 춥고 을씨년스런 날이었다. 한때 영화롭던 터키의 에게 해에 자리한 고대 그리스 도시 에페수스의 폐허 위로 추적추적 내리는 비는 통 그칠 줄을 몰랐다. 안나와 오이겐은 자기들이 타고 온 작은 캠핑카를 뿌연 웅덩이와 웅덩이 사이에 세웠다. 밖은 진흙투성이고 차 안은 점점 더 추워졌다. 와이퍼가 쓸고 간 차창 유리 밖으로 16세기 잿빛 성당이 뿌옇게 보였다. 안나의 무릎 위에 놓인 여행책자가 그 성당이 〈요한복음〉과 〈요한계시록〉을 쓴 사도 요한의 무덤이 있던 자리에 세워진 성당이라고 일러 주었다.

안젤라 마기라……. 갓 면도한 그 사내는 아랑곳하지 않고 빗속에서 꿋꿋이 버티고 서 있었지만, 안나와 오이겐은 벌써 잘 알고 있었다. 안나와 오이겐의 터키 친구들이 조심하라고 경고한 것이 바로 이런 사람들임을.

'말려들면 안 돼. 이 바닥 사람들 수완이 보통 아니라잖아. 얕봤다간 큰코다칠 게 뻔해. 근데 말이야…….'

이렇게 안나와 오이겐은 눈빛을 교환하며 서로의 마음을 확인했다.

'무슨 일이야 있겠어? 어차피 호텔은 필요하잖아.'

결국 오이겐은 차 유리창을 다시 내렸다.

호텔은 나무랄 데가 없었다. 방은 환하고, 시트는 깨끗했으며 숙박비도 적당했다. 그런데 워낙 외진 곳이라 그런지 주변 가게들이 벌써 다 문을 닫은 뒤였다. 그래도 크게 나쁠 건 없었다. 어쨌든 캠핑카에서 떨면서 밤을 보내지 않게 된 것만 해도 일단 다행이었고, 따뜻한 샤워까지 할 수 있으니까.

"그럼 일곱 시까지 데리러 올게요. 시내에 맛있는 식당이 있어요. 진짜 터키 요리를 맛볼 수 있는 곳이죠."

에미르라고 하는 그 친절한 남자가 말했다.

정확히 일곱 시에 에미르가 왔다. 캠핑카 운전대를 잡은 오이겐이 옆자리에 앉은 에미르에게 수고해 줘서 고맙다고 말하는 사이 시내에 도착했다.

"혹시 시장하세요?"

안나와 오이겐은 고개를 끄덕였다. 정말 배가 고팠다.

그 순간 에미르의 얼굴이 환해졌다.

"마침 잘됐군요!"

그러나 정작 그가 두 사람을 급히 데려간 곳은 엉뚱하게도 양탄자 가게였다. 양탄자 가게 주인이 두 사람을 보자 깊이 머리를 조아렸다.

"호스 겔디니즈(어서들 오시지요). 자, 이쪽으로 편히 앉으세요."

그의 이름은 알리였다. '알리바바' 할 때 바로 그 알리.

"'알리바바와 사십 인의 도적' 아시죠?"

알다마다, 그것도 모르는 사람 있을라고.

"두 분이 신세지고 있는 저기 저 친구가……."

문가에 서 있는 에미르를 턱으로 가리키며 양탄자 장수가 말했다.

"급히 제게 연락을 했더군요. 아, 그래서 집에서 하던 일 멈추고서 이렇게 부랴부랴 건너와 화덕에 불을 지피고 만반의 준비를 해 뒀지요! 스위스에서 오셨다지요? 스위스, 참 아름다운 나라예요."

"양탄자에는 관심이 좀 있으신가요?"

오이겐과 안나가 객쩍게 웃었다. 뭐, 동양의 양탄자는 좋아하지만 살 생각은 없다고 정중하고도 상냥하지만 단호하게 말해 두는 것도 잊지 않았다.

"그건 왜지요?"

"우선 가격도 비싸지만 지금 우리한텐 양탄자가 필요 없으니까요."

그러자 양탄자 장수가 정색을 하며 물었다.

"비싸다고요? 제가 잘못 들은 거 아닌가요? 흠, 우리 가게서 한 번도 그런 말을 들어 본 적이 없어서 말이죠. 딱 제값만 받기로 정평이 난 곳이니까요!"

'암, 그야 그럴 테지.'

하지만 지금 오이겐과 안나가 원하는 것은 양탄자가 아니라 허기를 채울 식당이었다.

"아가씨."

양탄자 장수가 다정한 목소리로 안나에게 말했다.

"터키가 자랑하는 사과 차 맛보셨어요?"

말이 떨어지기도 전에 어느새 그의 친구 에미르가 은 찻잔에 따뜻한 사과 차를 내왔다. 은근한 달콤함이 혀끝에 감돌았다.

양탄자 장수는 먼저 날씨 이야기부터 꺼냈다. 지금은 자기네들끼리 줄여서 에페스라 부르는 이곳 에페수스에는 전처럼 여행객이 많이 없다. 3천 년 역사를 지닌 이 해안가 소도시는 그리스, 로마, 아랍, 셀주크(11세기 터키 민족의 일파인 셀주크족에 의하여 창건된 왕조—옮긴이), 오스만으로부터 통치당하는 파란만장한 정치사를 가졌지만 시민들은 정치보다는 오로지 경제와 상업에 관심이 컸다고 했다. 하지만 이런 기후 조건은 장사에는 통 도움이 안 된다고 한다.

"이럴 게 아니라, 아예 여기서 식사를 하시지요."

양탄자 장수가 권했다. 난방을 하기도 애매한 계절이라 지금쯤 식당도 추울 게 뻔한데, 마침 그도 시간이 난다고 했다. 한 손에 찻잔의 작고 섬세한 손잡이를 들고 양탄자 사이에 두 다리를 쭉 펴고 앉아 있는 그의 모습이 정말로 편하고 안락해 보였다. 밖은 여전히 비가 추적추적 내리고 있었다. 자리를 박차고 일어나 밖으로 나갈 엄두가 나지 않았다. 안나와 오이겐이 고개를 끄덕였다. 알리바바의 얼굴이 환해졌다.

"두 분 인상이 참 좋으십니다!"

피자는 정말 꿀맛이었다. 대접한 음식을 그렇게 맛있게 먹는 걸 보니 양탄자 장수도 흡족한 모양이었다. 곧이어 차가 나왔고, 또 그다음 차가 나왔다. 이런저런 이야기가 오가는 사이 화제는 자연스레 양탄자로 옮아 갔다.

"만약에, 이건 어디까지나 만약인데요."

알리가 말했다.

"만일에 손님께서 혹시 나중에라도 양탄자에 관심이 생긴다면 말이죠, 그게 어떤 양탄자일까요? 이건 어디까지나 가정입니다."

배가 부르자 안나와 오이겐은 미소를 지으며 대답해 주었다. 가정이라며 묻는 말에 굳이 날카롭게 반응할 필요는 없었으니까. 그런데 갑자기 후루룩 양탄자 펼치는 소리와 함께 양탄자 쇼가 열리기 시작했다.

"이 무늬하며 색상을 보십시오. 은은하게 빛이 뿜어져 나오는 것 보이시죠? 더 신기한 것은 보는 각도에 따라서 색상이 달라 보인다니, 오묘하지 않습니까. 양탄자 하나로 여러 양탄자 구실을 한다는 얘기죠. 그럼요, 하나를 사면 두 개, 세 개를 산 효과를 보게 되니까요. 이건 또 어떤지 보시겠어요? 진짜 물건이죠! 거실이나 침실, 아무 데나 깔아도 분위기가 확 달라져요."

양탄자 장수와 어느새 그의 보조가 된 오이겐과 안나 앞에 펼쳐진 양탄자가 한 장 한 장 쌓여 갔다. 아니, 그들은 양탄자를 펼쳤다기보다 마치 그물을 던지는 어부처럼 양탄자를 내던지다시피 했다. 양탄자들이 열과 행을 바꿔 가면서 현란하게 춤추었다. 묵직한 양탄자 두루마리를 번쩍번쩍 옮기는 그의 이마에 어느덧 송골송골 땀이 맺혔지만 그는 연신 "그냥 한번 보시라고요, 정말로 보시기만 하라고요."란 말만 되풀이 했다.

하늘을 나는 양탄자. 그건 누구에게나 있는 유년의 꿈이다. 오이겐과 안나도 어렸을 때 양탄자를 타고 두둥실 하늘을 나는 꿈을 꾸었었다. 참으로 신비롭고 아득한 향수에 이끌려 둘은 자꾸만 실크 양탄자를 만지고 있었다.

"이것 좀 보세요. 얼마나 섬세하게 짜여 있는지 보이세요? 고사리 같은 어린아이들 손으로 짠 것이니 말해 뭣하겠어요!"

순간 분위기가 싸늘해졌다. 안나가 비윤리적인 아동 노동 착취에 극렬히 반대한다는 걸 이 사람이 알 리 없다. 그때 양탄자 장수가 오이겐의 어깨를 툭툭 두드리며 말했다.

"그럼요, 스위스 인들이 달리 스위스 인이겠습니까. 참된 박애주의자들 아닙니까. 그건 세상이 다 아는 사실이죠! 어린 애들에게 일을 시키는 건 물론 큰일 날 일이지요. 자, 얼른 부인을 진정시키세요. 우리가 가져오는 실크 양탄자엔 절대 법적 하자란 없으니까요. 오히려 그 반대랍니다. 전부 국가적 사업으로, 그러니까 사회사업 차원에서 생산 제작된 것들이에요. 덕분에 고아들이 이 양탄자가 팔리는 만큼 더 교육 혜택을 받을 수 있답니다. 물론 양탄자 직조는 아이들이 방과 후에만 하도록 엄격히 정해져 있는 걸 내가 직접 가서 확인했습지요. 이 양탄자를 구입해 주시면 아이들이 그 돈으로 걱정 없이 공부할 수 있는 은혜까지 베푸시는 격이니, 좋은 일 아닙니까!"

그때 안나가 입구 근처 바닥에 떨어져 있는 동전을 주웠다.

"가지세요. 오늘은 손님한테 특별한 날이군요. 우리나라에선 동전을 주우면 횡재를 한다는 말이 있습니다."

고대에 에페수스에는 많은 은세공업자들이 살았다고 남자가 말했다. 그들은 도시를 수호하는 여신 아르테미스에게 은 성전을 지어 바쳐 놀라운 매상을 올리곤 했다. 그 정도로 에페수스에서는 장인으로서의 자질뿐만이 아니라 신앙심 또한 상업의 큰 덕목이라고 남자가 설명을 늘어놓았다.

"저 양탄자 값이 얼마라고 했죠?"

아닌데, 이게 아닌데. 값을 묻다니, 그럼 안 되는데……. '만약에' 라도 안 되는데……. 아니, '만약에' 인데 뭐 어때…….

"오늘 사셔야 합니다. 내일이면 가격이 올라가요. 내일부터 성수기로 접어들고 이런 기회는 다시 오지 않지요!"

"터키 화폐 리라의 인플레이션을 봐요. 수표가 결제될 때쯤이면 그 가치가 반토막 나 있을걸요."

맞는 말이다.

"남편분한테 꼭 허락을 받아야 합니까? 당신은 유럽 여성이 아닙니까. 유럽 여성들은 자기 결정권이 있다고 들었는데……."

그것도 옳다.

"신사분은 배짱 한번 두둑해 보이세요. 큰 사업을 하시나 봅니다. 갖고 계신 워크맨을 제게 파시지 않으시겠어요? 양탄자 값의 일부를 그걸로 지불하는 조건으로요."

이만하면 이 양탄자 장수, 꽤 괜찮은 사람 같았다. 유창한 외국어에 약간 살집이 있었는데, 옛 터키 말에 '배 안 나온 남자는 발코니 없는 집'과 같다며 너털웃음을 지었다. 오이겐과 안나는 꼬박 다섯 시간을 그와 함께 보내고 밖으로 나왔다.

차가운 밤공기를 들이마시자 정신이 확 들었다. 그리고 양탄자 가게 안에 1천 유로와 워크맨과 브루스 스프링스틴의 카세트테이프 하나를 놓고 나왔다는 사실을 깨달았다. 그 대가로 두 사람은 지금 다 닳아 빠진("닳아 빠졌다니요? 이게 바로 앤티크입니다, 앤티크!") 기도용 동양 양탄자를 어깨에 메고 깜깜한 밤, 빗속에 서 있었다.

2. 축구의 황제

카를로스가 가진 것 중에는 다른 아이들에게 없는 것이 하나 있다. 바로 축구공이다. 그래서 카를로스는 칠레 남부 조그만 마을에서 사내아이들의 왕이다.

축구가 좋고, 축구를 하고 싶은 아이라면 카를로스와 친하게 지내지 않으면 안 된다.

그런데 남자애들은 축구를 좋아한다. 그리고 매일 축구를 하고 싶어 한다.

학교가 파한 뒤, 가축들에게 먹이를 주고 나서, 더 이상 '야, 페드로! 이것 가져와라!', '애, 후안! 저거 했니?' 하며 어머니나 할머니가 불러 대지 않는 저녁이 드디어 찾아오면 아이들은 너나없이 쏜살같이 카를로스의 집으로 내달린다. 그리고 어린 강아지마냥 펄쩍펄쩍 뛰어오르는 서로를 잡아 끌어내리며 소리친다.

"야, 카를로스! 뭐 해, 어서 나와!"

하지만 카를로스는 순순히 나오지 않는다. 왕은, 공을 가진 자는 느긋하다. 드디어 카를로스가 근엄한 표정으로 대문을 나서며 한번 하늘을 먼저 흘끔 살핀 다음 아이들 앞에 선다.

"그래, 오늘은 뭘 가져왔어?"

카를로스가 묻는다.

아이들이 지체 없이 자기가 가져온 귀중품들을 내민다. 알록달록한 깃털, 쓰다 남은 연필 토막, 동전 한 닢. 작은 보물들이다. 카를로스가 그것들을 요모조모 훑어본 다음, 보잘것없어 보이는 것은 치우라는 손짓을 한다. 그러면 그 물건 주인은 얼른 두 배로 내놓는다. 축구에서 빠지고 싶은 사람은 하나도 없다.

결국 카를로스는 흡족한 듯 고개를 끄덕이고 공물을 챙겨 들고서 집 안으로 사라진다. 그리고 카를로스가 다시 나타날 때는 그 애의 손에 공이 들려 있다.

"아, 공이다!"

아이들은 서로 밀치고 뛰어오른다. 왕은 동요하지 않는다. 품위와 여유를 잃지 않고 길거리로 천천히 내려간다. 동네 아이들에겐 축구장으로 통하는 장소에 이르러서야 그는 공을 내준다.

"조심해!"

카를로스가 다시 말한다.

하지만 아이들이 벌써 축구를 시작한 뒤다. 메리야스를 입은 아이들과 안 입은 아이들, 이건 자기네들끼리 팀을 구별하는 방법이다. 예전부터 정해진 룰이다.

축구는 아이들 인생이다! 공을 쫓아 달리고 또 달린다. 혹시 누가 또 알겠는가. 언젠가는 유명한 축구 스타가 되어, 많은 돈을 벌고 좋은 자동차를 굴릴 수 있을지. 어마어마한 스타디움에서 팬들이 열광하는 소리를 들으며 잔디를 누비고 이웃집처럼 다른 나라를 넘나드는 선수가 될 수 있을지.

큰 소리로 함성을 지르며 공을 쫓는 아이들은 고무장화를 신었거나 맨발이다. 장화를 신는 편이 아무래도 공을 더 세게 걷어찰 수 있어 유리하지만 한 번도 신어 보지 못한, 상상 속의 축구화만큼 세게 찰 수 있을지는 아직 아는 아이가 없다.

"조심해!"

들판 끝에서 카를로스가 외친다.

"살살 다루라고!"

물론 카를로스의 공이 낡았다는 걸 모르는 건 아니다. 여기저기 찢겨 누덕누덕 기웠다. 하지만 이기고 싶은 마음뿐 그런 건 별로 눈에 들어오지 않는다.

카를로스는 저쪽에 혼자 서 있다. 오래 서 있어서 다리가 저리는지 몇 번 제자리걸음을 해 본다. 정작 공의 주인인 카를로스는 어쩌다가 한 번씩 같이 뛴다. 축구를 별로 좋아하지 않기 때문이다. 카를로스의 맏형이 그 낡은 공을 카를로스에게 줘 버리고 도시로 떠난 뒤 한동안 그 공은 집 안 여기저기서 나뒹굴었다. 그러다가 차츰 카를로스는 그 공의 진가를 알게 된 것이다. 그 공은 카를로스가 원하는 것은 뭐든 가져다주었다. 어느덧 담배 저장 통 하나가 보물들로 가득 채워졌다. 카를로스 왕은 매일 공물을 요구했고, 소년들은 기꺼이 바쳤다. 근방에 다른 공이 없었던 것이다.

학교 여선생님들이 가지고 있는 공이 있기는 했다. 하지만 다른 마을에 있는 학교까지는 너무 멀었다. 아침마다 5킬로미터는 족히 되는 등굣길을 함께 모여서 갔고, 아이들은 연신 낄낄대고 재잘거렸지만 지각하는 아이는 거의 없었다. 아이들은 학교를 좋아했다. 노래하고, 게임도 하고, 읽기도 배우는 학교가 집보다는 훨씬 좋았다.

집에서는 여자아이나 사내아이나 할 것 없이 할 일이 산더미였다. 가사를 돕고 밭일을 거들고 밥을 하고 샘터에서 빨래하고 밭에 이랑을 내고 감자를 심고, 꽃상추와 콩과 샐러드 사이사이의 잡초를 뽑아야 한다. 그뿐인가? 닭, 돼지 같은 가축들을 돌보고 양 떼가 풀을 뜯어 먹을 수 있게끔 초원을 몰고 다녀야 한다.

그래도 초원은 좀 낫다. 이쪽저쪽에서 하나둘씩 모이면 양들일랑 풀을 뜯어 먹도록 내버려 두고, 뜀박질 내기를 하기도 하고 새총으로 새를 잡으며 놀 수 있으니 말이다. 그것도 다시 이름을 불러 대는 엄마 목소리가 들릴 때까지만이다.

"애야, 이것 좀 도와다오!"

여기다가 부모들이 꼭 덧붙이는 말이 있다.

"우리 어렸을 때 비하면 이건 약과지. 우리 때는 얼마나 고생했는지 아니?"

그러니 누가 학교를 좋아하지 않을 수 있을까. 게다가 여선생님들은 정말 상냥했다. 선생님들은 아이들을 잘 안다. 아이들 머리가 제대로 돌아가지 않는다 싶으면 선생님들이 먼저 축구공을 꺼내 온다. 그리고 이렇게 말한다.

"가서 놀아."

참 현명한 처사이다. 한참 열심히 놀고 나면 공부가 다시 잘된다.

카를로스는 크면 교사가 되고 싶다. 밤마다 천장에 매달린 작은 전등 밑에서 열심히 책을 파고들다가 그 위에 엎어져 자는 일도 다반사이다. 아버지한테 들켜 이렇게 야단을 맞을 때까지 책을 읽는다.

"다 돈이란 말이다! 안 쓸 때는 불을 꺼라."

부모들은 밤에 책을 읽지 않는다. 그들은 두런두런 말을 주고받을 뿐이다. 그들 마푸체 족(현재의 남아메리카 칠레 중남부와 아르헨티나의 파타고니아 지방에 걸쳐 살고 있는 아메리카 대륙의 원주민—옮긴이)의 나라, 유럽 사람들이 빼앗아 간 그들의 나라에 대해서. 오래전의 일이긴 하나, 기억에서 지워질 정도로 오래전의 일도 아닌 사실들. 마푸체 족들은 나라를 되찾기를 원한다. 그들은 언제나 오랜 역사와 오랜 꿈에 대하여 이야기한다. 그들의 두런거리는 소리는 '우리가 다시 그 나라를 찾을 때…….' 라는 후렴구가 붙은 몇 절의 노래와 같다.

그새 경기는 9 대 5가 되었고, 어스름이 다가오고 있었다.

"그만!"

카를로스가 친구들에게 말한다.

"오늘은 여기까지."

카를로스가 공을 집어 소맷자락으로 정성스레 닦더니 한 손을 흔들어 보이고는 천천히 집으로 돌아간다. 그의 등 뒤에서 소년들은 사뭇 아쉽다는 표정이다. 하지만 아무 말도 하지 않는다. 카를로스와 사이좋게 지내야 하니까.

어쨌든 카를로스는 공 주인이니까.

3. 돈 호세

돈 호세는 이 도시에서 추앙받는 사람이다. 사람들은 그에게 조언과 의견을 구하기를 좋아한다. 쿠바의 수도인 아바나에서 정부 관리가 이 도시에 출장을 오면 그 회합의 자리에서 으레 관리의 옆자리가 호세의 자리가 되곤 한다. 시청 뒤뜰의 그늘 아래 의자에 여유로운 자세로 앉아 있는 호세는 얼핏 낯선 이방인처럼 보인다. 하지만 그가 입을 열면 곧 좌중은 압도된다. 진실을 말하는 데에는 한 치의 거리낌도 없지만 시종 차분하고 정중하다. 아무도 그의 말에 토를 달거나 이의를 제기할 엄두를 내지 못한다. 스페인 어에서는 이름에 '돈'을 붙여 경칭하는데, 이제 사람들은 그를 돈 호세라고 부른다.

급기야 그는 국가의 시민보호사령관이라는 명예직까지 거머쥐었다. 쿠바에서 외국인이 공직자가 되는 것은 불가능했다. 그러나 호세는 굉장한 신망을 얻었다. 그곳이 대로변이든 좁은 골목길이든 그가 걷고 있는 걸 보면 저만치 있던 사람들도 일부러 달려와 그에게 머리를 조아렸다. 그뿐이 아니다. 길모퉁이에 있는 그의 음식점에서 파는 유럽식으로 조리한 감자와 헤페크란츠(왕관 모양의 이스트 빵—옮긴이)를 곁들인 포크커틀릿에 사람들은 열광한다.

호세의 고향은 오스트리아였다. 그리고 원래 그는 고향에서 아주 한심한 못난이였다. 아무짝에도 쓸모없는 인생의 패배자. 학창시절부터 아무것도 할 줄 아는 게 없다고 낙인찍힌 사람은 나중에 정말로 아무것도 할 줄 모르게 되어 버린다는 건 신기하지만 엄연한 사실이다. 흔히 이런 사람들의 머리는 그저 두 귀나 붙어 있으라고 있는 것! 그들의 존재 가치는 다른 사람들이 짜증스러울 때 실컷 조롱하며 스트레스를 푸는 데 있다. 그런데 이 못난이의 귀는 정말 컸다. 게다가 주인의 기분에 따라서 그때그때 색깔까지 변했다. 수치스럽고 화가 나면 자줏빛으로 변했는데, 이걸 본 사람들은 배꼽을 움켜잡고 더 그를 놀려 댔다.

학창 시절은 그렇게 보냈지만, 본격적인 실패는 학교를 졸업하면서 시작되었다. 호세는 제빵 기술을 배웠지만 꼭두새벽에 일어나는 일이 체질에 맞지 않아서 그만두었다. 여기저기 조금씩 기웃거려 봤지만 신통한 게 하나도 없었다. 시작하는 일마다 포기했고 급기야 모두가 예견했던 대로 되어 버렸다. 아무것도 할 줄 모르는 사람이 된 것이다.

사랑도 예외가 아니었다. 나이가 꽉 차도록 여자 친구가 없었고, 여자들은 마치 그를 투명인간 취급을 했다.

못난이는 맥주와 값비싼 음악 취향으로 마음을 달랬다. 처음에는 외로움을 달래기 위해 홀짝거렸던 술은 점점 늘었고, 과분한 씀씀이를 계속하다가 결국 요행을 바라고 노름을 시작했다. 그래서 빚을 지게 되었고 그 빚을 갚으려고 다른 빚을 얻었다. 설상가상으로 일자리를 잃었고, 가장 돈이 필요할 때 경제력도 함께 잃었는데 때마침 노동시장에 찬바람이 불어 새 일자리를 찾지 못했다.

하지만 못난이는 다시금 마음을 다잡았다. 이번만큼은 뭔가가 달라질 것 같았다. 깊은 좌절과 슬럼프 끝에 그는 다시 일어설 수 있었다. 그런데 이건 또 무슨 일인가. '제 무덤을 판다' 는 말은 이런 걸 두고 하는 말인가. 어쨌든 그 여자가 나타났다.

주변에선 모두들 너한테는 여자가 필요하다고 충고했었다. 좋은 여자만 만나면 다 잘될 거라고. 중매는 참 좋은 제도이다. 결혼 정보업체에 등록을 하였고, 거금 1만 달러를 지불하고 러시아 여자를 소개받았다. 사진을 보니 예뻤다. 긴 금발 생머리 아가씨는 유럽에 와서 살고 싶어 했고, 못난이는 새 인생을 시작하고 싶었다. 정말로 완전히 새로…….

그런데 결국 '역시 못난이는 하는 일마다 지지리 복도 없다.' 라고 다른 사람들이 등 뒤에서 쑥덕대는 일이 또 벌어지고 말았다. 못난이는 신부를 딱 한 번 보았다. 매일 풍기 단속 경찰관이 지나다니는 어느 바에서 나타샤라는 러시아 여자를 만났지만 그녀는 못난이에 대해서 아무것도 알고 싶어 하지 않았다. 나타샤는 못난이가 땀을 뻘뻘 흘리며 더듬더듬 청혼의 말을 마치기도 전에 그의 청혼을 거절했다. 내내 눈길 한 번 안 주던 그녀가 엄청나게 비싼 장미 열일곱 송이를 그대로 남겨 둔 채 떠났고, 이제 그 앞에 남은 건 1만 달러의 중매 수수료 때문에 새로 진 빚과 높은 이자뿐이었다.

그 순간 그는 오스트리아를 떠나기로 결심했다.

그는 떠나고 싶었다. 모두의 조롱과 못난이라는 꼬리표가 끝도 없이 쫓아다니는 나라에서, 희망의 끈이 잡히지 않는 절망적인 상황에서 벗어나고 싶었다.

'카리브! 그래 카리브 해로 떠나자.'

못난이는 결단을 내렸다. 그래서 쿠바까지 왔다.

쿠바에서 그는 사랑에 빠졌다. 상대는 작고 동글동글하고 무척 사랑스러운 여자였다. 그녀의 이름은 돌로레스였고, 우단처럼 까만 그녀의 두 눈동자는 남쪽 밤하늘 같았다. 그리고 무엇보다 그녀는 그의 감정에 섬세하게 반응해 주었다. 평생 사람들로부터 외면만 당하고 살아온 못난이는 처음에는 이런 행복이 믿기지 않았다. 결혼식에 참석한 가족들의 축하는 열렬했다. 연로한 그의 어머니까지 오스트리아 빈에서 쿠바까지 건너왔다.

돌로레스는 영리한 여자였다. 기업가적인 자질과 장사에 대한 특유의 감각을 지녔고, 남편의 강점과 약점을 짧은 시간에 모두 포착했다. 그녀는 많은 걸 요구하지 않았다. 한때 그가 제빵사로 일하며 배운 덕에 아직도 간신히 만들어 낼 수 있는 두세 가지의 메뉴면 쿠바에서 유럽 전문 식당을 열기에 충분했다. 돌로레스의 판단이 적중했다. 슈트루델(설탕에 절인 과일을 쪄서 롤파이 위에 올린 것—옮긴이)과 헤페크란츠는 불티나게 팔렸고 사람들의 매일같이 장사진을 이루었다. 조금 지나자 도시에 있는 꼬마들조차도 그 식당 주인인 돌로레스의 남편이 유럽에서 온 피부가 하얀 백인인데, 신기하게도 귀를 맘대로 움직일 수 있다는 걸 알게 되었다. 그뿐인가? 우스꽝스럽게 핑크빛으로 펄럭이는 두 귀는 마치 상상의 날갯짓을 하는, 어디론가 날아가려는 새의 날갯짓 같다는 신비스런 이야기가 사람들 사이에 확 퍼졌다. 돌로레스의 식당에 갈 이유가 또 하나 늘어난 셈이다!

지금은 돌로레스의 두 자매와 사촌까지 식당에서 일을 거든다. 아내인 돌로레스가 경리 업무를, 처남이 구매팀을 맡았다. 그리고 주방장이었던 호세는 이제 부엌에 서 있기보다는 손님들을 접대한다. 그는 그들에게 속해 있다. 거리를 활보하고, 사람들에게 인사를 받고 그들에게 화답한다.

그 옛날의 못난이는 더 이상 이 세상에 없다. 그는 돈 호세로 다시 태어났고, 영향력 있고 중요한 인물이 되었으며 누구나 그의 의견을 존중한다. 아바나 시청의 대변인과의 회담에서 여유롭게 다리를 꼬고 앉아 있는 남자, 어느 면으로 보나 성공한 멋진 남자였다.

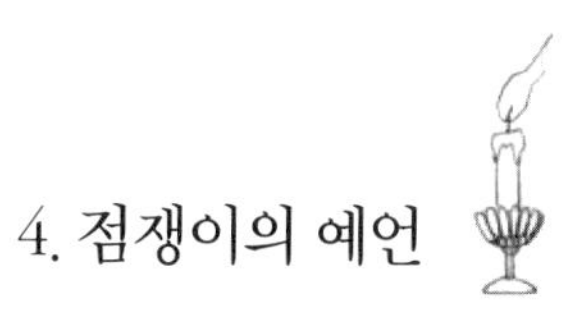

4. 점쟁이의 예언

엘비라가 나고 자란 곳에는 두 개의 세계가 있다.

골짜기 아래에서는 남자들과 아버지들이 사는데, 그들은 강변에 있는 큰 공장에서 교대근무를 하면서 일을 마친 다음에는 산등성이마다 줄지어 서 있는 포도나무들을 돌본다. 이곳의 거의 모든 사람들은 포도 재배지를 약간씩 가지고 있다.

그리고 골짜기 위 깎아지른 듯한 험준한 경사면에 아슬아슬하게 자리 잡은 마을에는 아낙들이 건초를 부지런히 모아다가 작은 소품들을 만들어 내다팔거나 비탈진 감자밭이나 채소밭을 일구면서 살림을 꾸려 간다. 가축은 고원의 방목지에 있고, 한두 마리 정도만 우리에 남겨 두어 아이들에게 먹일 우유를 짠다. 여자들은 매일 염소와 암소들을 초원으로 쫓아내고, 가축들이 풀을 뜯는 동안 산과 들을 누비면서 땔감을 모아 나무 지게에 실어 지고, 불룩한 광주리는 이고 내려온다.

여자들은 일하는 내내 쉬지 않고 조잘거린다. 가장 가파른 경사를 오르면서도 숨찬 줄도 모른다. 하지만 그보다 더 신기한 것은 초원과 골짜기, 그 어느 곳에서도 그들의 손은 쉴 틈이 없다는 것이다. 다들 손으로 짠 양말을 하나씩 가지고 다닌다. 앞치마 주머니마다 털실 뭉치가 들어 있어 걸을 때마다 바늘끼리 부딪치는 소리가 들린다. 걸을 때도 쉴 새 없이 조잘거리고, 그 무거운 짐을 등에 지고도 열심히 뜨개질까지 한다.

널찍한 천으로 묶은 건초도 여자들이 등에 진다. 귀가 길에 얼른 감자밭에 들러 저녁거리로 잠깐 감자 몇 알을 캐는 것도 잊지 않는다. 하지만 오늘 하루의 일과는 이것으로 끝난 게 아니다. 저녁 미사를 알리는 종이 울리면 여자들은 한 명도 빠짐없이 성당에 앉아 있다. 가톨릭 마을이고, 신부는 여름 내내 이 윗동네에 머무르는 유일한 남자이다. 다른 남자들, 남편이고 아버지인 그들은 일요일이 되어야 계곡을 나와 집에 들른다. 약간의 돈과 아이들한테 줄 작은 선물들을 가져와서는 자기 집에서 마치 손님처럼 머물다 간다. 그것이 이 마을 여자들의 운명이다.

엘비라도 거기서 자랐다.

엘비라는 성실하고 용감한 소녀였다. 손이 망가지는 걸 주저하지 않았다. 누군가 도움이 필요로 할 때면 언제나 망설임 없이 팔을 걷어붙이고 달려들었다. 어릴 적부터 집안일이고 밭일이고 그녀의 도움을 빌리지 않은 이가 없어 이미 이 작은 소녀의 힘이 장사라는 게 마을에서 전설이 될 정도였다.

엘비라가 어느 정도 나이가 찼을 때의 일이다. 산악 방목장 주인이 뇌병에 걸려 자기를 믿고 의지한 가축 떼를 내팽개쳐 버리고는 욕지거리를 퍼부어 대고 날뛰면서 마을로 들어오고 있다는 소문이 바람을 타고 동네에 퍼졌다. 신부가 십자가와 성수를 들고 그의 앞으로 다가섰지만 남자가 단번에 신부를 내동댕이치자 호기심 어린 눈으로 그 장면을 지켜보던 관중들은 모두 기겁을 하고 집으로 달아나 버렸다.

그런데 엘비라는 아니었다.

입에 거품을 물고 있는 남자에게 차분하고도 의연하게 다가선 엘비라는 한 번 크게 심호흡을 하더니 보기 좋게 그의 뺨을 후려갈겼다. 왼쪽, 오른쪽, 그리고 한 번 더 왼쪽. 그러자 남자는 잠시 머리를 떨구었다가 도리질 치고 나더니 그제야 몽롱한 잠에서 깨어났다는 듯 퍼뜩 정신을 차렸다. 남자는 쏜살같이 가축 떼가 기다리는 산 위로 달음질쳤다.

그런 그녀의 담대함에 사람들은 동요하고 두려움에 떨었다. 모두들 그다음부터 엘비라가 친절하게 대해도 그녀에게 거리를 두기 시작했다. 급기야 그녀가 마녀라는 소문까지 나돌았다.

그 소문 중에는 엘비라가 아무리 애를 써도 극복할 수 없는 것도 있었다. 엘비라의 부모는 이탈리아 출신의 이민자였다. 이방인인 것이다. 게다가 엘비라의 형제들마저 원하는 것이면 뭐든 척척 해 나가는 것도 이제 사람들 눈에는 이상하게 비쳤다.

엘비라는 다 자라자 산 너머 더 큰 도시가 있는 북쪽으로 이사를 갔다. 당시는 여자아이들이 직업교육을 받을 수 있는 때가 아니었다. 무엇보다 먹고사는 게 우선이었다. 엘비라도 이 사실을 아주 잘 알고 있었다.

그럼에도 불구하고 그녀의 장기인 '팔 걷어붙이기'를 했다. 일하고 또 일했다. 젊은 나이에 결혼을 했고 두 아이를 낳았으며 남편과 함께 내 집을 갖는 꿈을 꾸었다. 열심히 저축해 어느 정도 자금을 모으자 은행에 좋은 대출 상품이 있기에 많은 용기와 적은 돈으로 집을 짓기 시작했다. 젊음과 패기가 있었으므로 그 정도 빚은 그리 큰 문제가 아니었다.

그런데 남편이 덜컥 중병에 걸렸다. 결핵이었다. 요양을 해야 했고, 노동은 금물이었다. 퇴직금은 쥐꼬리만 한데 아이들을 키워야 했다.

"내가 일하면 돼요."

엘비라가 말했다.

처음엔 적은 임금에 허드렛일을 하다가 나중엔 공장에 취직했다. 그렇지만 산 하나를 넘으면 또 산이라 했던가.

남편과 아버지가 간발의 차로 세상을 떠났다. 그리고 공장은 직원들을 대량 해고했다. 전쟁이 끝났고, 남자들이 다시 일터로 복귀했으니 이제 여자들은 필요가 없게 되었다.

가진 거라곤 집과 아이들뿐인 실업자 엘비라는 빚더미 위에 앉아 혼자 미래를 걱정하게 되었다. 막막함과 두려움이 그녀에게서 편안한 밤을 훔쳐 갔다. 이 모든 게 운명인 듯했다.

엘비라는 점쟁이를 찾아갔다.

"앞으로 어떻게 될지 말해 줘요."

엘비라가 말했다.

"집을 계속 가지고 있을 수 있을까요, 아니면 그 집을 팔아야 할까요?"

점쟁이 노파는 카드를 쳐다보지도 않았고 구슬을 뚫어져라 보지도 않았다. 그저 엘비라를 슬쩍 쳐다보더니 팔을 비틀어 꼬집으며 핀잔을 주었다.

"그게 무슨 소리냐, 응? 너는 아직 젊고 튼튼해. 남들 다 일하는데 너라고 왜 못 해!"

엘비라는 번쩍 정신이 들었다. 하지만 도대체 무엇을 어떻게 한단 말인가. 미망인 보조금으로는 기본적인 생활조차 불가능했고 적당한 일자리를 구하기는 더더욱 힘들었다.

"행상을 해 봐요."

이웃집 여자가 슬쩍 말을 건넸다. 새로 나온 요리책이 있는데, 알록달록한 사진들로 아주 예쁘게 만들어졌다는 것이었다. 가격도 꽤 비싼 대신 판매 금액의 20퍼센트는 책을 판 사람이 챙길 수 있다고 했다. 공장에서 일하고 받은 일당보다도 많지 않은가! 엘비라는 책을 팔기로 맘먹었다.

처음에 책 스무 권을 받았을 때, 엘비라는 작정하고 앉아 책을 탐독하며 연구하였다.

"적어도 내가 어떤 걸 파는지는 제대로 알아야지요."

엘비라가 말했다.

책의 내용은 참으로 명료하고도 흥미로웠다. 하지만 7백 쪽짜리 두꺼운 요리책이라니! 누가 이렇게 많은 요리를 알고 싶어 할까? 엘비라는 심각하게 따져 보고 고민했다.

다음 날 엘비라는 언덕을 넘었다. 고지를 지나 직물공장이 즐비한 골짜기로 갔다. 지금 거기에서는 젊은 처녀들이 일을 하고 있다. 이탈리아에서 이곳 스위스로 이주해 온 노동자 소녀들이 사방에 무리 지어 몰려다녔다. 그들은 3교대로 직조기와 수동 얼레를 오가며 더 나은 삶을 꿈꾸었다. 엘비라는 나름의 전략을 짰다. 공장 간부의 방문을 두드렸다. 미망인인 자기 형편을 설명하고 작업 중간의 쉬는 시간에 이탈리아에서 온 젊은 아가씨들한테 자신이 가져온 요리책을 잠시 소개해도 될지를 정중하게 물었다.

간부는 흔쾌히 허락해 주었다.

우습게 여겼던 모국어인 이탈리아 어를 이렇게 써먹게 될 줄을 누가 미처 상상이나 했던가. 그렇지만 지금 엘비라는 머릿속에 떠오르는 흥겨운 이탈리아 어 문장들을 젊은 처녀들에게 열심히 말하고 있지 않은가. 이곳에서 그녀는 더 이상 이민 노동자, 문 밖의 이방인이 아니었다. 이제 그녀는 전문가였다. 알프스 산 저편 희망의 땅에 뿌리를 내린 여인. 비록 남편을 여읜 미망인이지만 남편은 이곳 스위스 사람이었고, 너른 초원에 정원 딸린 집 주인이기도 하다. 젊은 여인들은 그런 그녀의 입술에서 눈을 떼지 않았고, 그녀의 말 한 마디 한 마디에 귀를 쫑긋 세웠다! 엘비라가 요리책을 꺼내 들었다.

"여러분도 이제 해낼 수 있어요. 여러분 모두 지금 그대로도 충분히 매력적이지만, 여러분이 꼭 배워야 할 게 있답니다. 여기 남자들한테 매일같이 파스타만 먹이고 올리브 오일에 절게 할 순 없지 않겠어요. 이 책을 보세요! 이 안에 이곳 남자들의 마음을 정복하기 위해서 여러분이 알아야 할 모든 것이 들어 있어요. 이 땅에서 어떻게 음식을 삶고 굽는지, 또한 더 중요한 것, 어떻게 살아남을 수 있는지가 말입니다. 가격 말이에요? 물론 아주 비쌉니다. 하지만 그만큼 그 값어치를 하지요. 여러분의 미래에 투자를 하세요!"

엘비라는 너그럽게도 할부 계약서를 꺼냈다. 다달이 나누어 내면 결코 부담스럽지 않을 거라고 처녀들은 생각했다.

"요리책 파는 일이 잘되고 있나 봐요?"

다음 또 그다음 주문한 책들이 수북이 쌓이자 부러움을 감추지 못하고 이웃집 여자가 넌지시 물었다.

"아주 좋아요!"

행복한 책장수 엘비라가 환하게 웃었다.

집은 결국 팔리지 않았다.

5. 앙갚음

오이겐과 안나는 실크 양탄자를 사게 된 어이없는 일에 대해서 생각하고 또 생각하느라 밤잠까지 설쳤다. 그리고 두 번 다시는 결코 그런 멍청한 짓을 되풀이 하지 않겠노라 다짐했다.

이런 맥락에서 본다면 인도 여행은 대단히 위험천만한 모험인 게 당연했다.

"인도 사람들?"

터키 여행이 끝난 다음에 인도를 여행하려는 두 사람의 계획을 들은 터키 친구들은 고개를 절레절레 흔들었다. 알라 신이여! 제발 그만둬요. 인도 사람들은 터키 사람들보다 한 수 위라고 했다. 인도 사람들에 대한 좋은 평판은 눈 씻고 찾으려야 찾을 수 없었다. 안나는 잘 이해되지 않았고, 사실 좀 놀라웠다.

"인도는 일찍이 서양과 교역했던 앞선 나라잖아? 터키 이스탄불과 앙카라의 큰 시장에 진열된 휘황찬란한 물건들은 대부분 인도산 아닌가? 독특하고도 감탄스러운 향신료들, 보석, 비단은 또 어떻고?"

"그야 뭐……."

터키 친구들은 그건 별개의 문제라고 말했다. 사업을 하러 인도로 가겠다면 몰라도. 물론 그러려면 반드시 전문가가 필요할 텐데, 미안하지만 오이겐과 안나는 분명 아니라고 탁탁 못을 박았다. 하지만 두 사람의 태도는 단호했다. 후춧가루의 나라 인도로 떠나는 여행, 언젠가는 꼭 한번 해 보고 싶었었다. 게다가 아무리 잊으려 해도 그 터키 양탄자 생각만 하면 두 눈에서 불꽃이 이글거리는 통에 더 이상 이스탄불에 머물고 싶지 않았다. 우선 친구들 보기도 창피했다.

"여름에 다시 올게."

인도의 뭄바이까지는 비행기로 열 시간이 걸렸다.

인도. 인도라는 나라는 유럽인들의 눈에 놀라운 것투성이였다. 비행기에서 발을 내딛자마자 후덥지근한 바람이 훅하고 덤벼들었다. 계절풍이 불어오기 직전이라 이제 하루가 다르게 뜨거워질 것이다. 첫인상은 압도적이었다. 언제, 어디서나 웬 사람이 그리도 많은지……. 큰 소리로 누굴 불러 대는 소리, 비명 소리, 휘파람 소리, 경적 소리가 거리마다 넘쳐났고, 갖은 소음과 현란한 색깔에 눈도 머리도 어지러웠다. 하지만 무엇보다도 냄새가 정말 압권이었다. 여태껏 쓴맛 단맛을 다 보았노라 자부하는 사람조차 한 방에 날려 버릴 듯한, 뭐라 형용할 수 없는 그 냄새.

하지만 안나와 오이겐은 아주 서서히 이 낯선 세상에서 살아가는 법을 터득해 나갔다. 우선 한낮에 몇 리터씩 레몬수를 마셨고, 밤마다 몇 시간씩 호텔방의 끊길 듯 말 듯 졸졸 떨어지는 샤워 물줄기 아래 서서 인도의 그 많고 많은 신들에게 제발 전기가 끊기지 않게 해 달라고 기도하는 것도 자연스런 일과가 되었다. 전기가 끊기면 환풍기가 멈췄고, 환풍기가 멈춘다는 것은 잠을 못 잔다는 뜻이었다. 잠만큼은 절대로 필요했다. 인도는 여행자들을 아주 피곤하게 만드는 곳인데, 그것이 꼭 더위 때문이라고만은 할 수 없었다.

인도에서는 극과 극의 대조가 주는 충격이 무엇보다도 컸다. 예술적 극치를 보여 주는 건물들, 사치스런 의상, 최신 기술들을 총집결시켜 놓은 현대적인 백화점과 휘황찬란한 상가의 바로 옆에 빈곤과 질병과 궁핍이 아무렇지도 않게 나란히 공존했다.

인도에 온 지 얼마 안 되었을 때였다. 안나와 오이겐은 수박 한 통을 사 들고 작은 공원에 가서 나란히 앉았다. 수박은 정말 맛이 기가 막혔지만, 두 사람이 먹기에는 너무 컸다. 배가 불러 도저히 먹을 수가 없게 되자 먹던 수박을 바로 옆 나무 밑에 갖다 놓았다. 수박은 곧 근처를 총총거리며 엿보던 까마귀 몫이 되었다. 한차례 까마귀 떼가 앉았다 떠나자 누군가 오더니 속이 반쯤 빈 수박 덩어리를 들고 갔다. 공원 미화를 담당하는 관리인으로 생각한 두 사람은 저만치 걸어가는 그의 뒤꽁무니에 대고 미안하다고 소리쳤다. 그의 조수처럼 보이는 남자가 그들을 보며 히죽 웃고 있었다. 인도 사람들은 시도 때도 없이 웃는다. 참으로 낙천적인 사람들!

나중에 안나와 오이겐은 공원을 나오면서 어느 나무 밑에서 그 수박을 너무도 맛있다 못해 게걸스럽게 먹고 있는 남자를 보았다.

인도에서 어떤 사람들은 골판지 상자 속에서 산다. 보도 위에다 막대기 같은 걸로 자기네들의 주거지와 잠자리 영역을 표시해 놓는다. 도시 가장자리마다 거대한 빈민가가 끝도 보이지 않는 띠를 둘러 도시를 더욱 크게 확장시키지만, 그들에게는 물도 전기도 하수도 시설도 없다. 거기 사는 사람들은 아침마다 열차 선로들 사이사이의 플랫폼에서 가장 초라하고 옹색한 모습을 보인다. 뭄바이를 떠나던 기차의 차창 너머 보았던 광경을 안나는 결코 잊지 못할 것 같았다. 희미한 아침 여명 속에 발가벗은 엉덩이들이 나란히 줄지어 있었다. 수 킬로미터나 그런 광경이 이어졌다. 그곳이 거대한 공공 화장실일 리는 없겠지만 그런 광경이 길게 펼쳐졌다.

그런데도 더 이상한 것은 안나와 오이겐이 이런 인도의 매력에 아주 서서히, 하지만 깊이 빠져들고 있다는 것이었다.

좌석 표를 구하려고 긴 행렬에서 몇 시간씩 서서 기다려야 했고, 마침내 기차 칸에 들어가서도 제자리에 앉을 권리를 찾으려면 또 백 가지의 서류를 작성해야 하는 참 이상한 나라인데도 말이다. 하지만 차창 밖으로 보이는 그 소름 돋도록 아름답고 신비스런 풍광은 허다한 부조리를 단박에 상쇄시켜 주었다. 도심만 벗어나면 눈이 시리도록 푸른 논이 줄줄이 스쳐 지나갔고, 건조한 초원지대가 끝없이 펼쳐지다가 정상이 평평한 붉은 산들과 야자 숲, 바다가 펼쳐진다. 어느 역에 기차가 멈춰 서면 행상들이 떼 지어 몰려 들어와 승객들에게 차, 커피, 땅콩, 멜론 같은 것들을 들이밀며, 서로 질세라 커다란 소리로 자기 상품에 대한 과찬을 늘어놓는다. 정거장마다 기차가 들어오면, 뛰어다니는 행상들의 높고 낮은 목소리들의 합창이 마치 음향 효과처럼 윙윙거려서 귀가 먹먹해지다가 다시 기차가 출발하면 비로소 소음이 잦아들곤 하였다.

그 유명한 인도인들의 장사 수완에 대해서도 차츰 익숙해졌다. 어느 도시에선가 인도의 아버지, 간디의 사진과 서한들을 볼 수 있는 '마하트마 간디 지역 박물관'에 들렀을 때였다. 그 박물관엔 유독 간디가 죽을 당시 입고 있었다는 진짜 핏자국이 있는 셔츠 따위의 간디의 개인 물품도 몇 점 소장돼 있었는데, 놀랍게도 또 다른 도시의 박물관에도 똑같이 핏자국이 그대로 있는 셔츠가 있었다.

"간디가 두 번 총격을 당했었던가요?"

오이겐이 현지 박물관장에게 물었다.

"무슨 소리요? 우리 박물관에 있는 셔츠가 진짜요!"

당장에 그 말뜻을 알아챈 박물관장이 지레 펄쩍 뛰더니 다른 도시의 박물관에서 저지르는 뻔뻔스런 흉내와 베끼기에 대해서 열을 내며 비난을 늘어놓았다.

오히려 오이겐이 박물관장을 달래고 진정시켜야 하는 형국이 되었을 때야 비로소 그가 다시 이렇게 말했다.

"성스러운 유물은 때때로 묘하게도 그 숫자가 점점 많아지는데 그건 마치 하나가 또 다른 유물에게 생명을 불어넣어 주는 것 같지요. 그것은 예수 그리스도의 진짜 십자가가 전 세계에 다 퍼져 있을 만치 그 숫자가 늘어난 것만 봐도 알 수 있지 않습니까? 이 십자가들을 모두 한데 모은다면 아마 십자가들이 산을 이룰 겁니다."

그러면서 박물관장이 눈을 찡긋해 보였다.

"하지만 여기가 그렇단 말은 아니에요."

그가 힘주어 말했다.

"우리 박물관에서 손님이 보신 것은 세상에 단 하나밖에 없는 유일한 진짜 간디의 셔츠란 말입니다!"

한 거지 소년도 잊을 수 없다. 기차가 멈춰 서기 무섭게 한 소년이 달려오더니 안나가 앉은 창문에 매달렸다. 누더기를 걸친 사내아이의 시선이 너무도 애절하여 안나는 외면할 수 없었다. 소년은 간절한 염원을 담아 기도하듯 두 손을 모아 안나에게 내밀었다. 그러더니 무어라 소리를 지르고 울부짖는데, 그 크고 슬픈 눈망울에 눈물이 그렁그렁 찼다. 그 나라 언어를 알아들을 수 없는 사람이라도 뼛속 깊이 전율을 느낄 정도였다. '여기 무언가 나쁜 일이 벌어졌어요, 하늘이 무너져 내렸다고요!' 라고 말하는 듯했다. 그런데 어떻게 주저할 수 있겠는가? 일단은 무조건 돕고 봐야 할 일이었다. 안나는 소년에게 얼른 동전 한 닢을 건넸다. 그 순간 소년의 애원이 마치 수도꼭지를 잠근 듯 딱 멎었다. 소년은 동전을 요리조리 검사하더니 됐다는 듯 주머니에 넣고는 안나에게 고개를 한 번 까닥해 보였다. 제 임무를 충실히 수행한 사람처럼 성취감 어린 표정을 짓더니 휙 돌아서서 철로를 따라 유유히 걸어갔다. 그렇게 몇 발짝 가다가 또 다른 표적을 찾았는지 확 얼굴색이 변하면서 애원하고 울부짖으며 간청했다. 소년은 자신의 일에 충실할 따름이었다. 그리고 아주 잘 해냈다.

훌륭한 상술은 종교 영역에서도 예외가 아니다. 인도에는 크고 작은 희생과 제물로 경배해야 할 신들이 얼마나 많은지 일일이 셀 수조차 없다. 그때그때 필요한 신의 가호를 내려 달라고, 여행을 떠나기 전이나 여행 중에, 계약이 잘 성사되게 해 달라고, 혹은 아이를 점지해 달라고, 과일이든 야자열매든 돈이든 뭐든지 바치면서 신의 은총을 빈다.

안나와 오이겐은 마두라이의 커다란 힌두 사원 공회당에서 오랜 시간을 보내면서 활기찬 상거래 현장을 목격하고 놀라움을 금치 못했지만, 상황을 납득해 보려고 애를 썼다. 입구에 들어서자마자 방문객들 대부분은 마치 사원 코끼리의 은혜를 큰맘 먹고 사는 듯 보였다. 코끼리는 동전을 코로 노련하게 감아서 옆에 있던 일행에게 넘기더니 코끝으로 그 신도의 머리를 몇 번 살살 토닥거려 주었다. 아량과 화해의 분위기가 점점 더 퍼져 갔고, 급기야 오이겐까지 그 긴 줄에 합류하고 말았다.

저 뒤에서는 한 승려가 몇몇 신들에게 던져 주면 좋아한다는 구슬 버터를 늘어놓고 팔고 있었다. 까만 돌로 만들어진 조각상들이 버터가 덕지덕지 묻어 어스름한 회당 안에서 하얗게 번들거리고 있었다. 구슬 버터가 다 떨어져 가자 승려는 아무렇지도 않게 신들에게 묻어 있는 버터를 긁어다가 다시 동글동글 뭉쳐서 팔기 시작했다. 사실 따지고 보면 아무한테도 해가 될 게 없는 현명하고 경제적인 행동이었다.

사실 다른 각도에서 보면, 인도인들의 이런 기막힌 상업적 감각은 상당히 고무적으로 볼 수 있다. 비록 오이겐과 안나는 장사꾼과 거지들에게 당하지 않을지 좀처럼 알기 힘들었지만 그래도 차차 값을 후려치고 흥정을 하는 재미가 새록새록 샘솟았다. 처음엔 가만히 눈뜬 채 코를 베어 가도록 놔둘 수는 없어서 흥정을 시작했지만, 상대가 어떻게 나올지 가늠하고 그것이 맞아 들어가는 횟수가 점점 늘어날수록 성취감도 날로 커졌다. 두 사람은 이제 택시비를 흥정하고, 호객꾼들을 물리치고 직접 호텔을 찾을 수도 있었다.

물론 늘 그런 것은 아니었다. 아마 마이소르에서 있었던 일인 것 같다. 안나와 오이겐은 시내 외곽의 산꼭대기에 7층짜리 고푸람(인도에 건설된 중세의 탑문으로, 힌두교 사원의 울타리에 돌로 쌓아 만들었다.—옮긴이)으로 유명한 사원이 있는 차문디 언덕으로 갔다. 사원이 늘 거기서 거기 같았지만, 그곳은 특별히 볼 만한 가치가 있었다. 한 바퀴 돌아볼 요량으로 그들도 흔히 다니는 말 마차를 탔다.

말 마차 관광은 할 만했다. 건축물은 숨이 멎을 만큼 아름다웠다. 그런데 언덕 밑으로 내려오자 마부가 시내까지 두 배의 요금을 요구했다.

"말이 안 되잖소!"

오이겐이 따지고 들었다.

"똑같은 길인데, 올 때보다 두 배로 달라니요?"

마부는 끄떡도 하지 않았다.

"돌아갈 때는 항상 요금이 두 배입니다."

올 때와 다르게 돌아갈 때는 경쟁자가 아무도 없는 걸 이용한 것이다.

"됐어요."

오이겐이 말했다.

"우린 그냥 걸어가겠소."

"뭐라고요? 이 땡볕에 5킬로미터를?"

안나가 볼멘소리를 했지만 오기가 생긴 오이겐을 막지 못했다. 거리는 얼마 되지 않았지만, 너무 더웠다. 햇볕이 작렬하는 한낮의 더위였다. 가진 물도 없는 데다, 물을 살 만한 가게도 보이지 않았다. 두 사람은 이 나무에서 저 나무로, 이 그늘에서 저 그늘로 비틀거리며 피신했다. 눈앞이 온통 지열로 이글거렸다. 두 시간쯤 지나 둘은 호텔 침대에 기절하듯 쓰러졌다. 이 무슨 생고생이람! 환산하면 1유로도 안 되는 푼돈이었다. 그런데 왜? 약간의 자존심과 정의구현을 구해서? 안나는 생각할수록 화가 났다.

"괜한 짓을 한 거예요."

안나가 말했다.

"본때를 보여 줘야 했어."

오이겐도 물러서지 않았다.

자유로운 글로벌 시장에서는 배울 만한 게임의 법칙들은 많다. 그러면서 더욱 유연해지는 것이다. 물론 유머와 여유도 쌓인다. 버스 안에서 자력으로는 도무지 앉을 자리 하나도 구하지 못하고, 북새통과 혼잡 속에서 번번이 밀리게 되자 오이겐과 안나는 자신들을 도와줄 사람을 샀다. 둘은 누더기를 걸친 거리의 소년이 버스 좌석 두 개를 정복할 수 있도록 해 준 대가를 지불했다. 소년은 맡은 바 임무에 충실했고, 둘은 전에 없이 편하게 자리에 앉는 호사를 누렸다. 물론 인도에서 버스를 타는 것은 유럽인에게는 꽤나 고역이 아닐 수 없다. 인도는 거리마다 전쟁터를 방불케 한다. 야생의 법칙이 존재한다. 이 사실을 잊는 사람은 여기서 기도하는 법을 다시 배울 것이다.

안나와 오이겐은 무엇보다도 자기들이 가진 돈의 힘으로 이 험한 세상에서 견뎌 내야 된다는 것을 점차 깨닫게 되었다. 인도에서 유로화는 매우 가치가 있었다. 그렇지만 존재감 자체를 돈 주고 살 수 있는 것은 물론 아니니 문제인 것이다.

남부 끝자락, 천상의 아름다움을 옮겨다 놓은 듯한 코발람 해변에서 두 사람은 모래밭에 앉아 붉은 태양이 바닷속으로 지는 것을 지켜보며 열심히 값을 흥정하고 있었다. 어부의 아이들 몇 명이서 돌처럼 딱딱한 캐러멜 사탕을 팔았다. 아이들이 어찌나 악착같이 물러서지 않았는지 둘은 팽팽한 흥정의 줄다리기를 벌여야 했다. 결국 안나는 적당한 선에서 그 이상한 사탕을 사서 장사꾼 아이들과 함께 나눠 먹었다. 그러자 어느새 그 말이 퍼졌는지 순식간에 꼬마 장사꾼들이 둘을 에워쌌다.

결국 안나가 선언했다.

"미안하지만, 난 살 가치가 있고 필요한 것에만 내 돈을 쓸 테야. 싸다고 막 사지는 않을 거라고."

"선글라스 필요 없으세요? 혹시 코코넛 오일은요?"

안나의 마음을 알겠다는 얼굴로, 젊은 청년 하나가 벨트와 셔츠 주머니마다 선글라스를 주렁주렁 달고서 나타났다. 호감 가는 얼굴로 매일 근처를 오가는 청년이었다. 청년은 하이데라바드에 있는 대학에서 사회학을 전공하고, 최근 탁월한 성적으로 졸업을 했지만 취직은 하지 못했다고 한다. 그래서 부모가 사는 케랄라에 돌아왔다. 매달고 다니는 선글라스가 다 팔리면 타자기를 살 수 있을 텐데, 그러면 그 타자기로 시내에서 자그마한 사업을 할 거라고 했다. 사업이나 업무상 서류, 개인적인 서신이나 연애편지까지 온갖 글들을 대신 써 달라며 고객들이 올 거라고 했다. 떼돈은 못 벌겠지만, 안정적인 일이라 했다. 문서는 언제나 필요한 것이고, 살아남기 위해서는 자기가 할 수 있는 일을 하지 않으면 안 되니까.

코발람 만에서는 매일 아침 어부들이 커다란 그물을 질질 끌고 들어오는 광경을 흔히 볼 수 있다. 밤에 작은 배로 큰 파도를 거슬러 타고는 바다로 그물을 가지고 나가 쳐 놓았다가 안나와 오이겐이 해변 모래사장으로 나올 즈음에 어부들이 그물을 싣고 들어온다. 몇 미터 간격으로, 파도가 밀려왔다 스러져 가는 사이, 해는 어느덧 중천에 떠 있었다. 날은 찌는 듯 덥고 어부들은 노래했다. 그물을 연신 끌어당기다가 서로 교대했다. 이 모든 그림이 일종의 만트라(기도나 명상 때 외우는 주문—옮긴이)였다. 조용하고 한가롭고 아름다웠다. 몇몇 어부는 곧 바닷물에 균형을 잡고 섰다. 물 이곳저곳을 쉴 새 없이 쳐 가며 물고기들을 그물 속으로 몰아갔다. 손놀림마다 명중인 게 참으로 희한하다. 까맣게 그을린 얼굴에 땀이 비 오듯 흐르는데, 그들의 입술에서는 노랫가락이 떠나지 않았다.

맨 마지막엔 여자들이 바구니를 들고 왔다. 고기잡이는 끝나고 그물은 이쪽으로 끌어냈다. 은빛으로 팔딱거리는 고기들이 바닥에 펼쳐지자 돌연 여기저기서 불평하는 소리로 왁자지껄해졌다.

"이건 너무 적잖아. 도대체 이게 뭐람, 응? 왜 이렇게 적어, 제길……!"

차츰 화가 가라앉으면 남자들은 그물을 걸어 말리고, 여자들은 물고기를 시장으로 가져갔다. 그리고 모든 것들이 늘 그랬던 대로 진행됐다.

두 주 동안 안나와 오이겐은 이 광경을 매일같이 지켜보았다. 그리고 광경은 하루도 어김없이 매일 똑같았다. 배가 들어오고 노래를 하고 포획물을 펼쳐 놓고, 또다시 오늘은 왜 이렇게 적게 잡혔느냐며 화를 내고…….

"뭘 좀 찾아낸 게 있소?"

역시 여행객으로 잠시 코발람 해변에 머물던 한 네덜란드인이 두 사람에게 다짜고짜 이렇게 물었다.

무얼 찾았느냐는 말인가?

남자가 마지못해 어깨를 으쓱해 보였다.

"뭐, 아님 말고요."

그는 혼잣말처럼 중얼거릴 뿐이었다.

그는 대화에 끼어들고 싶지 않은 듯 등을 돌렸다. 나중에 안나와 오이겐은 그가 해변에서 멀지 않은 오두막에서 살고 있는 그 지방 구루(힌두교, 불교 등에서 일컫는 스승—옮긴이)와 한참 흥정하고 있는 것을 보았다. 요란한 머리 모양새에 허리에 천을 두른 그 구루는 무척 돈을 밝히는 장사꾼 같은 인상을 풍겼다. 삶의 의미를 찾아 인도 순례에 나선 유럽인을 위해서 일부러 마련한 그의 접견실은 대단히 장사가 잘되었다. 그는 안나와 오이겐에게도 자신을 찾아와 줄 것을 청했으나 둘은 정중히 웃으면서 거절했었다. 그저 그런 삶의 의미를 찾아내기를 포기한 안나와 오이겐이니까. 차라리 어부 아이들의 캐러멜 같은 구체적인 것에 투자를 하는 편이 낫다고 생각했다. 게다가 두 사람은 인도의 시장에서 거래되는 무수한 상품들 가운데에서도 자기들이 가장 좋아하는 것을 일찍이 찾아낸 것도 한 이유였다. 오이겐은 어디를 가나 조각된 체스말을 찾아 두리번거렸고, 안나는 은 장신구와 작디작은 흰 돌 조각상을 대량으로 사 모았다. 두 사람은 쇼핑의 즐거움에 눈이 멀어 이 모든 것들을 다음 여행지마다 질질 끌고 다녀야 한다는 사실조차 까맣게 잊고 있었다. 하지만 물론 그 재미도 한계가 드러났다.

마지막으로 고아라는 곳에 이르렀다. 해변에서 가까운 곳에 있는 호텔을 찾아낸 두 사람은 우선 한바탕 바퀴벌레들을 소탕한 다음 모기장을 쳤다. 다시금 해가 바다에 가라앉았다.

인도의 계절풍 몬순은 좀처럼 올 생각을 하지 않았다.

어선들과 좌절한 늙은 히피족들 사이에서 안나와 오이겐은 이제 그만 인도 모험의 막을 내리고 싶었다. 둘의 배낭은 목각과 은 귀고리와 실크스카프와 향기로운 양념들로 가득 찼다. 하지만 그때까지 인도에서 양탄자 가게만큼은 반드시 피해 다녔다.

그런데 저기 저만치 양탄자 가게가 있었다. 양탄자 장수도. 거리를 오가는 사람에게 쉽게 접근한다. 호리호리한 몸매에 흰 셔츠에다 통 넓은 바지를 입고, 머리에 붉은 빵모자를 덮어쓴 젊은 양탄자 장수는 팔에 알록달록한 양탄자 두 개를 걸치고 있었다. 에페수스의 터키인 양탄자 장수와는 완전히 달랐다. 그런데도 이상하게 닮은 데가 있었다.

"이봐요, 친구! 밤이 긴데, 잠깐 차 한잔 하고 가시죠!"

안나와 오이겐이 깔깔 웃었다.

"혹시 양탄자 팔아요?"

그러자 젊은 양탄자 장수가 환하게 웃었다.

그는 인도 라자스탄 출신이라고 했다. 그의 양탄자는 고아 지방에서 가장 아름답고 품질도 최고라 했다. 그런데 안나와 오이겐은 참으로 행운아인 것이, 내일이면 장사철이 끝난다고 한다! 내일이면 그는 자기 고향으로 돌아간단다. 그리고 몬순이 끝난 뒤에야 물건을 새로 해서 돌아온다고 했다. 그래서 오늘이야말로 자기 양탄자를 살 절호의 기회란다.

"이봐요, 친구들! 상상도 못 할 싼 가격으로 드릴게요."

안나와 오이겐은 시선을 교환했다.

아니, 들어가 보자는 신호를 교환했다는 편이 낫겠다.

저 사람과 세상의 모든 양탄자 장사들에게 복수를 하자는 신호였다. 최근 몇 달 동안 배운 것도 있지 않은가.

양탄자 가게는 팔걸이는 없지만 편안한 의자와 달콤한 차가 준비돼 있었다. 모두 처음부터 시작되었다. 그저 구경만 해 보라며 펼쳐 놓는 양탄자들. 역시 곱고 정교하게 짜여졌다. 그리고 문양은 또 어떤가, 색채의 현란한 향연들.

오이겐과 안나는 기꺼이 공감했다. 열심히 박수 치고, 감탄하고 박수 쳐 주면서 양탄자를 짠 사람의 이름과 직조법에 대해서도 물었다. 젊은 양탄자 장수는 흥에 겨워, 이토록 호의적이고 똑똑한 고객은 평생 처음이라고 극찬했다.

모두들 차를 한 잔씩 더 했다. 아니면 술이라도 한 잔?

밤이야 어차피 저절로 깊어 가는 것이다. 이런저런 양탄자들이 펼쳐졌고, 세 사람은 기분 좋게 한 잔씩 하면서 인도와 인도의 신들과 세계에 관하여 담소했다. 그러다 젊은 양탄자 장수가 화들짝 놀라며 가게 문을 닫을 시간이 지났다고 말했다. 내일 떠날 준비도 해야 하니 말이다.

"자, 그럼 어떤 걸로 할 건지……?"

그가 물었다. 끙끙대고 끌고 와서 펼쳐 놓은 많고 많은 양탄자 중에서 그래도 하나쯤 맘에 드는 게 있을 거라 했다.

"흠……."

오이겐이 한숨을 푹 쉬었다.

"양탄자들이 하나같이 아름다워서 도무지 결정을 내릴 수가 없네요."

양탄자 장수는 이해가 간다는 듯 고개를 끄덕였다.

"그럼 두 장을 사시면 어떨까요? 아니면 세 장? 그럼 그렇게 고민할 필요가 없지 않겠어요? 자, 친구들, 내가 특별히 두 장 가격에 세 장을 주겠소!"

"그것도 나쁜 생각은 아니지만, 그래도……."

"내 말을 들어요, 친구! 속고만 살았어요? '그래도' 라니, 그 무슨 괜한 걱정이랍니까?"

"이 사람이 반대하니까요."

오이겐이 피곤한 척 안나를 가리키며 말했다.

"우리 통장은 이 사람이 관리하거든요."

오이겐이 설명을 덧붙였다.

"이 사람이 허락하지 않으면 나도 어쩔 수가 없다오."

"맞아요."

안나가 무표정하게 고개만 까닥했다.

"오늘 우리들은 양탄자를 사지 않을 거예요. 그럴 예산이 없어요."

"말도 안 돼요!"

젊은 양탄자 장수가 펄쩍 뛰었다. 너무 끔찍하다며 그가 말했다.

"여자들이 통장을 관리하면서 남자에게 아무 권한도 주지 않는다면 얼마나 비참하고 한심한 일이에요? 뭐, 나도 그런 얘기를 듣기는 했어요, 유럽 여자들은 죄다 혼자 결정하려 든다고."

그는 냉큼 오이겐 옆에 앉더니 팔로 오이겐의 어깨를 감싸 안으며 말했다.

"오, 불쌍한 친구!"

진심 어린 동정심. 또 한 번의 충돌. 피도 눈물도 없는 여자 안나!

"어째서 남편한테 이 정도 기쁨도 허락하려 들지 않아요? 그저 작은 양탄자 하나로 인도 여행의 아름다운 추억을 만들고 싶은 생각이 없으십니까?"

"없어요."

안나가 말했다.

깜깜한 밤이 되어서야 겨우 호텔로 돌아오면서 안나가 물었다.

"나, 어땠어요?"

"참 잘했어."

오이겐이 말했다.

"당신도요."

안나가 씩 웃었다.

"당신이 그렇게 아내에게 쥐여살면서 고통 받는 게 그 사람한테는 우리한테 양탄자를 못 판 것보다 더 가슴 아픈 모양이던걸요?"

"뿌듯해!"

"뭐가요?"

"당신, 몰랐지? 우린 다섯 시간이나 그 가게에 앉아 있었다고. 그런데도 끝내 양탄자를 사 들고 나오지 않았다니 말이야. 큭큭큭."

6. 걱정 없이 살기

사람들이 새트폴에게 그토록 열광하는 까닭은 그가 서양으로 망명 신청을 해서가 아니다. 그는 인도 태생이었지만, 정치적 이유로 고향을 등지고 길고도 험난한 여정 끝에 결국 스위스에 망명 신청을 해야 했다. 요즘에는 그다지 특별한 사건이 아니지만 말이다.

그보다 더 놀라운 건 새트폴은 아무런 안전장치나 준비 없이 마치 몽유병자가 한밤중 나다니는 것과 같이 아슬아슬하게 새로운 세상에서 용케 길을 찾아가는 것이다. 무사태평으로 살다 못해, 사람들의 눈에 그가 마치 세상 모든 문제들은 다 스스로 해결책을 가지고 있는 줄 믿는 천진하고도 물정 모르는 어린아이 같아 보였다. 그의 그런 천연덕스런 여유는 종종 그가 사는 작은 소도시 주거공동체의 이웃과 친구에게 마음의 벽을 쌓게 했지만, 그것 역시 그는 아는지 모르는지, 눈치 없는 새트폴은 언제나 얼굴에 친절한 미소를 머금고 다녀 애써

벽을 쌓던 사람들의 기운을 빠지게 했다. 이 주거공동체에서 그는 아는 사람의 주선으로 일자리를 얻었지만, 상사와 한번 다툰 다음에 곧장 그 자리를 박차고 나와 말 그대로 집도 절도 없이 거리에 나앉게 되었다. 그런데 문이 하나 닫히면 다른 문이 열렸다. 새트폴의 삶은 언제나 그랬다.

새트폴은 타고난 이야기꾼이어서 그의 이야기는 몇 날, 몇 밤을 새며 들어도 지루하지 않았다. 달변인 이 젊은이는 곧장 새로운 일자리를 찾았다. 하지만 이번 일 역시 오래가지 않았다. 새트폴은 일자리를 마치 셔츠를 갈아입듯 바꿔 치웠다. 그의 식구들도 이런 어처구니없는 행동의 이유를 알지 못했다.

"맥도널드에서 일하는 것과 버거킹에서 일하는 것이 무슨 차이가 있길래 직장을 옮겨?"

이 질문에 새트폴이 웃으며 말했다.

"유니폼이 다르잖아! 버거킹 유니폼이 훨씬 멋지거든!"

월급날이 가까워진 어느 날 새트폴은 롤렉스 시계를 차고 집에 들어와서는 연신 왼쪽 소매를 걷어 붙이며 자랑을 했다. 얼마나 값이 비싼 시계인지, 자기 봉급을 다 털어야 살까 말까 하다며 자랑을 늘어놓았다.

"근사한 시계구나."

새트폴의 새 친구들이 입을 쩍 벌리며 감탄했지만, 곧 들릴 듯 말 듯한 소리로 다음 월급날까지는 어떻게 살 작정인지 물었다.

"문제없어."

새트폴이 친구들을 안심시켰다.

"한 달 동안 쌀만 먹고 살면 돼. 그리고 다음 월급 때가 되면 시계를 하나 더 사겠어."

새트폴은 정말 4주 동안 쌀만 먹고 살더니 이번에는 또 양쪽 소매를 걷어 붙이고 나타났다. 사람에게 손목이 왜 두 개가 있는 것인지 보여 주고 싶은 걸까?

그런데 새트폴의 스위스 망명 신청이 기각됐다. 새트폴은 미처 그것까지는 예상치 못한 듯했다. 그는 캐나다로 가겠노라 선언했다. 원래 그가 가고 싶어 했던 나라는 바로 캐나다였다.

거기까지 가기 위해서 새트폴은 복잡한 방법으로 네덜란드 여권을 만들었다. 이 까무잡잡한 피부와 검은 눈, 검은 머리의 아시아 인은 주말 내내 파란 눈에 금발 남자의 사진이 붙은 가짜 여권을 가지고 유럽 전역을 휘젓고 다녔다.

그러다가 잡힌 곳이 파리였다. 정말 하마터면 그는 캐나다로 가는 비행기를 탈 뻔했는데, 맨 마지막에 어느 세관 직원이 고개를 갸우뚱하면서 그의 얼굴과 여권을 번갈아 보더니 그를 잡았다. 결국 그는 스위스로 돌아가는 비행기에 탔고, 월요일에는 마치 아무 일도 없었다는 듯 다시 직장에 출근했다.

물론 그가 가진 전부가 고스란히 다 들어 있는 가방하고 부친 짐은 사라져 버렸다. 아마 파리에 남아 있거나 어딘가

떠돌아다니거나, 아무튼 영원히 실종되었다. 조용히 미소 지으며 새트폴이 친구들에게 이렇게 말했다.

"난 모두 다 잃었어."

"모두 다?"

친구들이 되물었다.

"그래, 모두 다. 걸치고 있는 옷가지만 빼고 전부. 롤렉스 시계 두 개까지."

유럽 탈출을 시도했던 새트폴은 변호사를 찾아갔다. 그리고 스위스 망명 신청 기각 사실에 항의라도 하듯 스위스 여자와 결혼을 했다.

그걸로 다시 한 번 그는 고국의 친척과 친구들을 어이없게 했다. 결혼 적령기인 남자들만 득실거리는 주거공동체에 살면서 결혼할 신부를 찾는 데에는 그다지 신경 쓰지 않던 그가 아니었던가! 마치 모자에서 제비를 꺼내듯 신붓감을 구한 새트폴의 쉬운 인생살이는 놀라움과 시기를 동시에 샀다.

"솔직히 말해 봐. 사랑해서 결혼한 거야? 아니면 다른 목적 때문이야?"

사람들은 물었다.

스위스에 남기 위한 방편인지, 아니면 사랑 때문인지 궁금한 것이다. 새트폴은 이전 어느 때보다도 더 알 수 없는 애매한 미소를 지었다.

"둘 다!"

부드러운 벨벳과 달콤한 꿀을 떠올리게 하는 목소리로 새트폴이 말했다.

새트폴은 망명을 하지 않고도 스위스에 살며, 얼마쯤 있다가 아내와 함께 다른 도시로 이사를 갔다. 그로써 주거공동체 친구들과도 헤어지게 되었다.

이따금씩 새트폴은 연락을 했다. 반짝반짝 빛나는 고급 스포츠카를 몰고 나타나 그가 말했다.

"차 멋지지 않아? 얼마 전 상속받았어."

"상속이라고! 여기 스위스에 친척이 있었던 거야?"

꼭 그렇지만은 않았다.

새트폴은 다만 신문을 보았을 뿐이다. 당연히 부고에도 눈길이 갔고, 그걸 보면서 고향 생각이 났다. 인도에서는 자기가 사는 도시나 마을에서 누가 죽었을 때, 생전에 당사자나 가족들과 친하지 않았거나 심지어는 전혀 알지 못하는 사이라도 그저 다만 유족들을 위로하기 위해서 그들을 찾아가곤 한다. 새트폴은 부고란을 읽으면서, 오랫동안 잊고 살았던 아름다운 관습을 다시금 실천해 보기로 맘먹었다.

새트폴은 부고란에서 매우 부유한 곳으로 보이는 주소 하나를 맨 처음 방문지로 골랐다. 미망인은 처음에는 당황하고 의아해했지만, 그의 설명을 듣자 기뻐하였다. 그가 첫 번째 조문객이라 했다. 이웃들은 본 척도 하지 않았다고 했다. 부인이 손수 차를 대접했고, 몇 시간 동안 이런저런 이야기를 주고받다가 결국 늙은 부인은 새트폴의 듬직한 어깨에 기대어 실컷 울었다.

그러고 나서 부인이 그에게 그 자동차를 선물했다.

"남편이 죽기 직전에 산 차예요. 내가 이걸로 뭘 하겠어요? 아들도 이 차를 원치 않아요. 당신이 가져가 준다면 나는 걱정 하나를 더는 겁니다!"

새트폴은 거절하지 않았다.

"부인이 차를 가져가라고 재촉했지. 진심을 담아, 자동차 등록증과 차 열쇠까지 손에 쥐여 주면서 말이야. 내가 이 차를 끌고 나올 때 그녀는 행복했을 거라고 믿어. 저택의 입구까지 한참 동안 손을 흔들어 주었으니 말이야."

훗날, 새트폴은 그가 꿈꾸었던 나라, 캐나다로 이주를 했다. 이번에는 합법적으로. 그리고 로스앤젤레스에서 엽서를 부쳐 왔다.

이것이 새트폴이 사는 방식이다. 자신감 있게. 사는 데엔 정말로 쓸데없는 걱정을 할 필요가 없는 것은 아닐까 하고 그를 보는 어떤 사람들은 고개를 갸우뚱하기도 한다.

7. 시장통을 거닐며

장이 서는 날, 안나와 오이겐의 터키 친구 오스만은 이즈미트 거리를 활보하는 일을 무척 즐긴다. 혹 전날 밤 비라도 내리면, 평소 그을음이 장막처럼 뒤덮였던 터키의 마르마라 바닷가 산업도시의 하늘은 갑자기 사랑스런 파란빛으로 드높다. 촘촘히 밀집된 시장 점포 사이사이에서 삶은 반짝반짝 윤이 난다. 저 멀리 누군가 한껏 기교를 부려 쌓아 놓은, 화려한 색깔의 채소 값을 목청껏 외치는 소리가 들린다. 주황색 당근, 하얗고 탐스럽게 핀 꽃양배추, 눈부신 보랏빛 가지 등등. 나란히 붙어 있는 상점끼리의 경쟁에 잠잠할 틈이 없다. 바로 옆 가게 주인도 질세라 외친다.

빵집 소년 하나가 고소한 냄새가 솔솔 풍기는 참깨 롤빵을 팔고, 구두닦이 소년이 손을 흔든다. 옥수수 장수는 모퉁이에서는 작은 불을 지펴 놓고 옥수수를 구우며 "두 개에 5천, 애들은 절반에 드려요."라고 혼자 흥얼거리듯 단조로운 소리로 외치며 고소한 향을 풍기는 옥수수를 노련하게 뒤집는다.

한 골목 더 가면 옷가지와 속옷 더미가 쌓여 있다. 노점상마다 상인들이 "자, 오세요, 오세요!"나 "뭘 찾으십니까?"를 연신 외치는 동안, 여자 손님들이 질감이며 색깔 등을 요모조모 꼼꼼히 검사하고 있다. 그다음으로는 생활필수품, 뚜껑 있는 냄비와 뚜껑 없는 찜통, 국자, 찻잔, 설탕 통, 알록달록한 플라스틱 병, 갖가지 용기와 크기별로 늘어선 양동이, 솔, 빗자루, 수세미, 걸레 등등 필요한 건 뭐든 다 있다.

손님들의 물결은 점포 사이로 천천히 밀려왔다 밀려가지만, 그런 그들의 시선이 반드시 머무는 곳이 있다. 커다란 손글씨로 '명약'이라고 써서 걸어 놓은 팻말이다. 그리고 밑에는 작은 글씨로 '류머티즘, 복통, 시력 저하, 어지럼증, 열, 수족냉증, 탈모에 즉효!'라고 쓰여 있다. 세상에, 정말 만병통치약이 아닐 수 없다! 하지만 정작 기적의 치유제는 재활용한 술병에 담긴 노란 물이 다였다.

"왜 웃으시오?"

자기 물건 뒷줄의 간이의자에 앉아 있던 늙수그레한 상인이 못마땅한 어조로 물었다.

"이 약들이 얼마나 효험 있는지 모르시겠지! 하지만 내가 직접 먹어 보고 시험을 해 봤다오. 자, 나를 잘 보시오. 내가 어디 아파 보여요? 당치도 않지! 건강 하나라면 자신 있거든!"

그리고 주섬주섬 손가방을 뒤지더니 쭈글쭈글한 노란 열매 하나를 꺼냈다.

"자, 봐요! 한번 만져 봐요. 진짜 기적의 열매라니까요!"

노인이 동양에서 수입해 온 열매인데, 그 이름을 모른다 했다. 아니면 이름을 밝히고 싶지 않았는지도 모른다. 노인의 아내가 그 열매를 푹 곤다고 했다.

"잼처럼 말이지. 그런데 얼마나 신기하게 잘 듣는지 아마 당신도 알면 깜짝 놀랄걸? 아주 오래전부터 내려오던 민간요법인데 한번 맛이나 볼래요?"

오스만은 손사래를 쳤다.

"미안하지만 아픈 곳이 없어요."

"상관없어요."

노인이 마치 기다렸다는 듯 잽싸고도 확신에 찬 어조로 말했다.

"지금 미리 이 약을 먹어 놓으면 계속 몸에 남아 건강을 지켜 주거든! 아니, 기다려 보라니까. 내 참, 그럼 좋소, 내 특별히 당신한테는 손해를 보고서라도……. 뭐, 그럼 가시오. 어차피 우린 또 보게 될걸? 모두 다시 오게끔 돼 있어!"

몇 발짝 옮기자, 한 남자가 진열품을 펼쳐 놓고 앉아 있었다. 그림, 중고 라디오, 중고 연장, 휴대용 칼, 자전거 잠금장치, 중고 볼트와 거기에 맞는 크고 작은 너트 등등. 역시 중고이지만(조금만 썼기를!) 배터리, 케이블, 콘센트와 플러그 등

등이 수북이 쌓인 그곳에는 남자들만 구경난 듯 에워싸고 있었다. 여기저기 상자들을 뒤지고, 톱날이나 펜치를 요리조리 살펴보고, 이 망치 저 망치를 들었다 놨다 했지만, 주인은 아무 신경도 쓰지 않았다. 이 상인은 도무지 자기 고객들에게 관심이 없어 보였다. 그냥 혼자서 놀고 있었다. 아마 무슨 전자게임을 하는지, 저만치 쭈그리고 앉아서 이마에 땀이 맺히도록 연신 엄지손가락을 눌러 대고 있었다. 오스만이 두 번씩이나 그를 부르자, 남자가 마지못해 고개를 쳐들었다.

"이봐, 마틴. 대체 무슨 일이에요? 계산하지 말고 그냥 들고 가도 되는 거예요?"

마틴이 풀이 죽어 한숨을 푹 내쉬었다.

"뭐, 그러시든가! 그런 잡동사니들이야, 뭐. 그런데 이쪽, 여기 이 게임기들은 진짜 괜찮아. 아주 물건이지. 두고두고 질리지 않고, 사길 잘했다 싶을 걸세. 우리 아들놈도 그렇게 말했거든. 사실 그놈 거야. 나보고 이런 걸 팔아야 돈이 된다고 말이야……."

"그 애는 어디서 이런 게 났답디까?"

"독일에 있는 제 삼촌한테서. 하지만 새 것은 너무 비싸지. 게다가 중고로 나오기까지는 아마 오래 기다려야 할 거고."

오스만의 여동생은 시장에서 신선한 오렌지를 사다 달라고 부탁했었다. 그런데 일단 시장통으로 들어서기만 하면 오스만은 그런 부탁들을 깜박하기 일쑤다. 과일가게를 몇 군데나 지나치면서도 말이다. 점점 날이 더워지고, 주변도 조금씩 잠잠해졌다. 점심이 가까워졌고, 여자들은 불룩한 시장바구니를 들고 집으로 돌아갔다. 상인들도 정리에 들어간다. 한쪽에 삼삼오오 모여서 정치 얘기며 장사 얘기로 여유를 부리는 이들도 있다. 오스만은 잠시 걸음을 멈추고, 진열된 오렌지들을 전문가처럼 찬찬히 뜯어본다.

"얼마나 드릴까요?"

주인이 물었다.

오스만은 고개를 저었다. 다음 가게로 옮겼다. 사실 거기서도 살 수도 있었지만, 역시나 지나친다. 거기서 살까 했지만 다음 역시 손을 내젓는다. 다음, 또 다음 가게들로, 오렌지를 손에 든 채 들었다 놨다 해 가며 꼼꼼히 훑어보다가 다시 내려놓기를 반복하는 그의 제스처는 영락없는 오렌지의 달인이자 과일 전문가 같다! 껍질만 만져 봐도 그 오렌지의 즙이며 당도를 대번 알아내는 그런 사람 말이다.

"다음에 올게요."

오스만은 거듭 이렇게 말하고 가게를 옮기다가 시장 맨 끝자락에 가서야 "이걸로 하지요. 2킬로그램만 줘요."라고 말했다. 상인이 오렌지를 건넸다.

"고맙습니다."

저녁식사를 끝낸 뒤, 오렌지를 썰던 여동생이 외쳤다.

"오빠, 이것 좀 봐! 무슨 오렌지를 이런 걸 사 왔어? 섬유질만 있고, 즙은 하나도 없잖아."

오스만은 어깨만 으쓱했다.

"미안!"

더 이상 어쩌겠는가. 열심히 살펴보고 고른 것인데 말이다. 수많은 오렌지를 들었다 놨다, 요리 보고 조리 보고 신중하게 고른 것을.

"그런 소리 마. 껍질도 안 까 보고 그 오렌지가 좋은지 나쁜지 내가 어떻게 알아? 난 오렌지들을 비교한 게 아니라 그걸 파는 사람들을 비교했을 뿐이라고. 그 사람들의 정치 성향이나 종교를 알고 싶지는 않지만 말이야. 난 시장 사람들을 거의 몰라. 그래서 내가 물건을 좀 볼 줄 아는 사람처럼 진열대 앞에 잠깐 서서 그 사람들이 무슨 생각을 하는지 얼른 엿듣는 거지. 말할 때 흘러나오는 몇 마디만 들어 봐도 그건 쉽게 알 수 있으니까!"

오스만은 오렌지 한 조각을 입에 넣었다. 그리고 오렌지를 씹더니 살짝 얼굴을 찌푸리며 말했다.

"하지만 이 오렌지 가게 주인은 참 좋은 사람이었어. 그런데 올해 오렌지 장사를 망친 모양이더군."

8. 하루를 온전히 살아가는 법

시장의 끄트머리에 몇몇 여자들이 텐트를 치고 있었다. 여자들은 눈에 확 들어오는 알록알록한 치마나 통 넓은 바지를 입고 있다. 그들 중 많은 이가, 특히 나이 든 여자들은 과일 상자에 웅크리고 앉아 있었다. 다리를 쩍 벌린 채 앉아 있는 품이 자기들의 물건에 대단히 자신만만해 보였다. 오래된 신문지 위에 가지런히 쌓아 올린 레몬, 이것이 그들의 상품이다.

그들 중 젊은 여자들은 두세 명씩 무리 지어 다닌다. 시장에서 여기저기서 그녀들은 쫙 펼친 열 손가락 위에 레몬을 솜씨 좋게 들고 있다. 이유는 알 수 없지만 언젠가부터 레몬의 판매 단위는 짝수가 되었다. 여섯 개, 여덟 개씩. 그래서 이 젊은 여인들의 한 손에도 레몬이 여섯 개, 여덟 개씩, 심지어 열 개까지도 올려진다. 그녀들은 미소를 지으며 양손 가득 노랗게 반짝이는 열매를 들고 돌아다니다가 오랜 시간 동안 숙련된 놀라운 묘기를 부리듯 레몬을 지나는 행인의 코끝에 바짝

들이민다. 그래도 레몬은 접착제로 붙여 놓은 듯 그녀들의 손에서 떨어지는 법이 없고, 그걸 신기한 듯 쳐다보는 사람은 지갑을 열게 돼 있다.

"아이고, 저 칭게네(터키 어로 로마의 집시라는 뜻—옮긴이) 좀 보세요."

누군가 두 눈이 동그래진 오스만을 지켜보다가 잔잔한 미소를 지으며 말했다.

"로마의 집시 여인. 나는 그 사람들을 좋아해요. 그들이 살아가는 방식이 좋지요. 그들은 언제나 꼭두새벽에 일어나 교외로 가지요. 저 남쪽에서 자기네들 물건을 싣고 와 풀어 놓을 화물차가 도착하거든요. 거기서 레몬을 사요. 그런데 언제나 어김없이 똑같이 정해진 양만큼만, 하루에 필요한 돈을 벌 수 있을 만큼만요. 결코 더 많이 사들이진 않아요. 낮에 하루치 레몬이 금세 팔린다 해도 레몬을 추가로 더 사다 팔지 않고, 얼른 집으로 돌아가지요. 하지만 레몬이 잘 안 팔리는 날에는 마지막 레몬이 팔릴 때까지 밤늦도록 남아 있어요. 오늘 일을 결코 다음 날로 미루지 않고, 미리 앞당겨서 일을 해 두지도 않아요. 그저 그날 주어진 하루를 온전히 살아가는 것, 그것이 완벽한 삶 아닌가요."

9. 아이들과 양파에 관하여

콩고의 무빌란봉고는 벨기에의 선교 근거지이다. 그곳에 대해서 말할 때 빠지지 않는 종교 건축물이 있다. 열대기후 속에서 벽이 조금씩 허물어지고 벗겨져 떨어졌지만, 여기까지 흙먼지 날리는 길을 헤매고 오던 낯선 이방인들은 느닷없이 나타나는 그 장관에 넋을 잃게 된다. 건기일 때에도 버스로는 도저히 건널 엄두를 못 낼 온갖 장애물들이 매복하고 있는 원시림을 몇 시간씩 통과한다는 것은 보통 일이 아니다. 이제 희망을 갖기에도 너무 지쳤다 싶을 때나 되어야 갑자기 저만치 고딕 양식의 건물이 은은히 빛을 발하며 서 있는 걸 발견하게 된다. 길 양옆으로 몇 채의 둥근 건물이 서 있고, 예배당을 지나면 실로 웅장한 규모의 사제관이 나온다. 이 사제관의 널찍한 창 베란다 위에서 지금은 암탉이 알을 품고 있다. 바로 그 뒤로 경첩이 느슨해져 비스듬히 열린 문짝을 지나면, 작동 안 한 지 꽤 오래된 전용 세면대까지 갖춘 백인 신부의 화장실이 있다. 지금도 거기서 살고 있는 흑인 수녀들에게 이것은 아무 소용이 없다. 수녀들은 그 화장실을 잊고, 그 옆에 따로 콩고식의 공중변소를 지었다.

무빌란봉고는 평화로운 아프리카 마을이다. 콩고 전쟁의 영향도 거의 받지 않았다. 유럽 거주자들이 남긴 건물 주변에서, 마을 사람들은 짚으로 만든 지붕에 흙벽을 쌓은 집에서 공동 화덕을 사용하면서 살고 있다. 하지만 사제관에 있는 콩고 수녀들에게는 한 가지 커다란 목표가 있다. 콩고 사람들도 벨기에 사람들처럼 잘살고, 미래를 꿈꿀 수 있도록 교육을 시키는 것이다.

"우리 아이들이 귀신에 씌었답니다, 수녀님."

엄마들이 수녀들에게 하소연했다. 물 때문이었다.

무빌란봉고는 우기권에 놓여 있어 천지가 물이지만, 물이 깨끗하지 않아 아이들이 장염 등 복통을 달고 다닌다. 엄마들은 그게 귀신이 들려서 그렇다고 말한다. 그래서 수녀들은 주일학교와 교리문답 시간에 작은 우물을 파도록 시켰다. 땅에 콘크리트 관 하나를 심고, 모래와 자갈로 한 층을 덮으면 된다. 여기에 필요한 것은 그리 많지 않았다. 삽 하나, 시멘트 한 포대, 플라스틱 관 하나만 있으면 됐다. 물론 방법도 알아야 한다. 첫 우물을 팔 때에 수녀들은 기술자를 불렀고, 그 전문가가 마을 남자들과 함께 공사를 하면서 방법을 전수해 주었다. 얼마 되지 않아 마을에도 곧 물 전문가들이 생겨났고, 근방에 깨끗한 우물이 점점 더 많이 만들어지면서 아이들을 괴롭히는 귀신들은 콩고의 원시림 속에 있는 무빌란봉고를 떠나고 있다.

하지만 수녀들의 소원은 점점 더 늘어났다. 깨끗한 물을 마시는 것뿐만이 아니라, 마을 사람들이 더 잘 먹게 하고 싶었다. 그래서 여자들에게 돼지를 키우는 법을 가르치고, 새끼를 낳을 수 있도록 가구당 한 쌍씩 나누어 주었다. 암퇘지와 수퇘지 한 마리씩을 집에 가져가는 사람들은 나중에 새끼를 낳으면 새끼 중 두 마리는 수녀들한테 돌려주어야 한다. 그러면 그걸 다시 암탉과 맞바꾸는 식이다. 사람들은 일을 하면서 서로를 지켜보고 대화하며 배워 간다. 무빌란봉고 사람들의 생활은 그렇게 조금씩 조금씩 나아지고 있다.

요즘 이 마을 사람들은 양파를 재배한다. 게걸스런 염소와 돼지들로부터 밭을 지켜 줄 촘촘한 울타리를 쳤고, 수확은 풍성하지만 자기 식구의 배를 채우기에도 여전히 빠듯하다. 식사에 양파가 나올 때는 으레 마을 사람들이 얼굴을 찌푸린다. 여기서 양파는 별스런 채소가 아니다. 그런데도 양파를 정성껏 키운다. 왜냐하면 멀리 있는 키크비트 시장에서는 양파가 인기 품목이기 때문이다. 그곳에서는 무빌란봉고의 양파가 후한 값에 팔린다. 현찰은 때와 장소를 가리지 않고 누구에게나 절실하게 필요한 법이다.

키크비트로 가는 길은 아주 멀다. 몇 시간씩 원시림을 지나야 하는데, 차량을 빌리는 값이 만만치 않다. 이익금을 고스란히 경비로 떼일 수는 없고, 그렇다고 키크비트까지 걸어갈 시간도 어른들에겐 없다. 밭일과 들일, 가축을 돌보는 일도 소홀히 할 수 없기 때문이다.

그런데 양파는 마침 여름에 아이들 학교가 방학을 하면 다 익는다. 아이들은 동트기 전 일어나야 하고, 부모들은 대야나 배낭에 넣거나 수건으로 싼 양파를 그 아이들 머리 위에 얹어 준다. 큰 아이는 좀 더 많이, 작은 아이는 좀 적게, 아이들은 최대한 많이 양파를 이고서 무리 지어 원시림을 뚫고 걷고 또 걷는다. 걷다가 밤이 되면 그 주변에 있는 가족의 친구나 친척 집에서 하룻밤을 머문다. 그리고 다음 날, 다시 길을 나서 걷기 시작한다. 가끔은 동요도 불러 가며 한 나흘 밤낮을 걷다 보면 마침내 키크비트 시장에 이르게 된다.

시장에 도착하면 아이들은 터를 잡고 앉아 이고 온 양파를 판다. 가격을 매기고 흥정을 하고, 가끔은 가격과 무게를 놓고 줄다리기도 벌인다. 양파가 다 팔리면 번 돈을 의기양양하게 지갑에 넣고는 다시 걷기 시작한다. 그들이 왔던 만큼 또 나흘 밤낮을 덤불과 원시림을 헤치고 걸어야 한다.

아이들이 집에 도착할 때마다 마을에서는 잔치가 벌어진다. 부모들은 좋아한다! 그리고 아이들은 스스로를 자랑스럽게 생각한다.

10. 어려운 고객

안나와 오이겐은 인도의 장사꾼들과 또 그들 자신과 화해를 하고서 인도를 떠나 터키로 돌아왔다. 그들은 친구 오스만의 정원이나 오스만의 여동생의 집 베란다에 앉아 해바라기 씨를 까먹으면서 짧은 터키 어로 인도 사람들과 인도에서의 삶에 대해서 이야기를 주고받았다.

터키는 이제 초여름이고 하루가 다르게 낮이 길어지고 포근해졌다. 그들은 육지에서 볼 만한 곳을 찾아 이따금 캠핑 버스를 끌고 나갔다. 미라가 된 성 니콜라우스의 무덤과 파묵칼레(터키의 서남쪽에 위치한 데니즐리 지방에 있으며, 많은 고대 유적과 온천으로 유명한 곳—옮긴이)의 온천과 타우루스 산맥을 가로질러 카파도키아에서 화산 활동으로 만들어진 기묘한 형태의 장관에 감탄하였다.

두 사람은 외딴 해변에서 한두 주가량을 보내면서 직접 만든 연으로 연날리기를 하고, 오스만의 한 친구가 가져다준 채소를 매일같이 먹었다. 근교에서 토마토며 양파, 가지 등을 매입해서 이스탄불까지 공급하는 일을 하고 있는 오스만의 친구는 이틀이 멀다 하고 이들을 찾아왔다. 그는 매일 채소를 한 아름씩 들고 와서는 오이겐과 함께 터키 어로 '타블라' 라고 하는 게임을 한 판씩 하고 돌아갔다. 이 게임에서 오이겐은 그의 상대가 되지 않았다.

"타블라는 굉장히 자주 하는 게임이라 우리 모두가 다 프로 수준이에요."

오스만의 친구는 자기가 번번이 이기자 이렇게 사과했다.

아닌 게 아니라 창고에서는 직원이고 사장이고 할 것 없이 허구한 날 작은 책상에 옹기종기 모여 앉아 차를 마시며 나무 주사위를 던져 댄다. 그러다 화물차가 들어오면 일어나 화물을 내리고 올리고, 한 10분쯤 일을 하다가 15분은 다시 이 게임에 몰두하곤 했다.

"더 이상은 할 게 없으니까요."

오스만이 호카, 즉 '선생님' 이라고 부르는 그 친구가 말했다. 그는 윙크를 했다. 선생님. 사실 그는 선생님인 적이 있었다. 몇 년 전까지만 해도 이스탄불 대학에서 지리를 가르쳤었다. 그러나 그의 정치적인 견해를 모두가 달가워하지는 않았다. 당국은 무고하게 그를 구금했다. 어려운 시대, 고난의 몇 해를 보내고, 그는 교수직을 박탈당했다.

"그래도 나한테는 아직 선생님이야!"

오스만이 따뜻한 어조로 말했다.

그 친구가 조용히 웃었다. 그리고 말했다.

"우리는 달라졌어. 나도 물론 변했지. 나는 한때 열렬한 사회주의자였는데, 지금은 지친 민주주의자가 되었잖아. 하지만 선생님은 아니야. 선생님이 채소를 파는 거 봤나?"

오스만의 친구는 다시 이스탄불로 돌아갔다. 그리고 안나의 오빠가 한두 주 정도의 휴가를 받아 터키에 왔다. 터키의 한 친구의 부모님 집에 머물면서 안나의 오빠는 척박하고 빈궁한 시골 생활에 혀를 내둘렀다.

"내 여행 가방에 챙겨 가지고 온 것이 그 사람들의 온 집안 살림보다 더 많더라."

안나의 오빠가 말했다.

안나와 오이겐이 보기에도 그랬다. 그럼에도 불구하고 안나의 오빠는 자신의 휴가를 무척 즐기는 듯했다. 자연을 음미하고 몇 가지 기념품도 챙겼다.

셋이서 시내로 차를 몰았다. 오이겐은 형님과 함께 작고 둥근 원형지붕에 기둥들이 즐비한 이스탄불의 큰 대형 상가를 찾았다. 여름휴가 인파 속에서 둘은 장신구와 옷가지, 양탄자, 온갖 종류의 선물과 기념품 가게들 속으로 밀려 들어갔다. 오이겐이 형님에게 말했다.

"혹시 맘에 드는 걸 봐도 티내지 말고 나한테 먼저 말해 줘요, 형님. 내가 알아서 할 테니까. 그 방면엔 이제 선수가 다

됐거든요."

"가죽점퍼를 사야겠어."

한 바퀴 돌고 나더니 형님이 말했다.

"저기 모퉁이 가게에 있는 밝은 색깔의 짧은 가죽점퍼 같은 거 말이야."

"얼마 정도면 살 생각인데요?"

형님은 그저 어깨만 으쓱해 보였다. 한 150유로 정도면 되겠단다.

"알았어요."

오이겐이 자신만만하게 말했다.

"대신 나한테 맡기고 절대 끼어들면 안 돼요."

둘은 그 가게로 들어갔다.

가게 주인이 대뜸 독일어로 맞아들였다. 참 우연치고는 신기한 노릇이지만 가게 주인이 넌지시 말했다.

"뭐, 원하신다면 불어나 스페인 어로 응대해 드리죠. 가죽점퍼 보시게요?"

"그냥 둘러보려고요."

오이겐이 무심한 투로 말하면서 점퍼 하나를 집어 들어 형님에게 갖다 대어 보았다. 밝은 색깔의 짧은 점퍼였는데 사이즈가 안 맞았다. 하지만 가게 주인이 잽싸게 나섰다.

"가게 안에는 더 많이 있어요. 어서 들어와 보세요."

언제 시켰는지 이미 차 한 잔이 테이블 위에 올려져 있었고, 오이겐은 마지못해 엉거주춤 자리에 앉았다. 오이겐과 가게 주인이 이런 저런 이야기를 하는 동안 안나의 오빠는 어울리는 것이 나올 때까지 가죽점퍼를 입어 보았다.

"얼마지요?"

오이겐이 물었다.

가게 주인은 올해 점퍼 가격이 유난히 싸다며, 겨우 250유로밖에 안 된다고 했다.

오이겐은 웃으며 일어섰다.

"너무 비싸서……."

"얼마를 예상하셨는데요?"

가게 주인이 말했다.

"40유로, 아무리 비싸도 50유로."

오이겐이 말했다.

"50유로? 에이!"

가게 주인이 어처구니없다는 듯 코웃음을 쳤다.

"농담도 잘하시네! 그런 가죽점퍼 있으면 내가 사겠소. 50유로는 안 돼요. 230유로, 그 이하는 안 돼요."

"안 되겠네요. 당장 필요한 것도 아니니, 다음에 사지요, 뭐."

오이겐이 아직도 시선을 떼지 못하는 형님을 밖으로 잡아끌면서 말했다. 그러자 형님이 얼굴을 찌푸리며 말했다.

"창피하게 왜 그래? 차를 얻어 마셔 가며 이것저것 다 입어 보고 그냥 갈 순 없잖아."

"어차피 그냥 갈 수 없을 거예요. 자, 다음엔 무슨 일이 벌어지는지 보라고요!"

둘은 좁은 골목길을 따라 걸었다. 가죽점퍼 파는 가게는 한두 곳이 아니었다. 두 사람이 조금 전 가게에서 본 그 점퍼가 다른 가게에도 있는지 두리번거리고 있을 때, 마치 마술을 걸기라도 한 듯 오이겐이 말한 일이 벌어졌다. 아까 그 가게의 어린 점원이 헐레벌떡 두 사람을 뒤따라와 불렀다.

"우리 사장님이 잘해 주시겠다고 다시 오시래요."

둘은 방향을 돌렸다.

"200유로, 다시 오셨으니 특별히 이 가격에 해 주는 거요."

가게 주인이 말했다 오이겐은 고개를 저었다.

"80유로밖에 없어요."

가게 주인이 두 손을 번쩍 들며 말했다.

"그건 싼 정도가 아니에요."

"그럼 못 사는 거죠."

다시 골목길 모퉁이를 돌아가고 있을 쯤 누군가 또 두 사람을 불러 세웠다.

이번에는 그 주인이었다.

"특별한 경우니까, 내 180유로에 드리리다. 이런 품질에 이 정도 가격의 점퍼는 이 상가를 다 뒤져도 못 찾을 거요."

오이겐은 반사적으로 그쪽으로 향하는 형님을 저지했다.

"특별한 경우니까, 우리가 85유로까지 올려 드릴게요."

가게 주인이 화가 나서 획 돌아섰다.

"그 돈이면 저쪽에 있는 모조품 정도는 살 수 있을 거요."

가게 주인이 걸어가며 으르렁댔다.

"일단 생각해 보고 내일 다시 올게요."

오이겐이 그의 등 뒤에다 대고 소리쳤다.

그 후, 보스포루스 해협이 내려다보이는 아름다운 음식점에서 쌀밥이 든 맛있는 케밥을 앞에 놓고 안나의 오빠는 시종 말이 없었다.

"밤사이에 가격이 내려갈 거예요, 형님."

오이겐은 애써 그를 달랬다.

"내일 그 점퍼를 사면 되잖아요."

"그래서 그런 게 아니야."

그가 한숨을 푹 쉬며 말했다.

"그것보다 그 사람을 대하는 자네 태도가 훨씬 더 언짢았어. 그 사람은 자네한테 조금씩 조금씩 양보했는데 자네는 어떻게 했지? 무슨 장난을 치는 것도 아니고, 상처를 줬잖아!"

"그 사람 목적은 형님한테 점퍼를 파는 거예요. 그리고 상처를 받았다면 그걸 팔지 못해서 상처를 받은 것이지 나 때문은 아닐 거예요."

"모르겠어. 다른 사람에게 꼭 그렇게 상처 줄 필요가 있는 건지……."

"형님은 그 점퍼를 싸게 사고 싶은 거예요, 아녜요?"

"싸게 사고야 싶지. 맘에 쏙 들어. 너무 비싸게 사고 싶지는 않아, 내가 그렇게 가난한 사람은 아니지만 말이야. 그래도 50유로 더 싸게 사고 말고는 내게 그렇게 중요한 문제가 아니지만, 그 사람은 그렇지 않을 수도 있잖아. 그 사람한테는 그게 생존의 문제일지도 몰라."

오이겐이 포크를 내려놓았다.

"형님, 남으니까 파는 거지요. 그건 나하고 내기를 해도 돼요. 밑지고 파는 장사는 없어요. 반대라고요. 결국은 그 사람도 나한테 고마워할 거예요. 장사하는 사람 체면을 세워 줬으니까 말이에요."

안나의 오빠는 반신반의하면서 시선을 접시 가장자리로 가져갔다.

"내 눈에는 자네가 세상 모든 상인들과 전쟁을 벌이는 것처럼 보여. 옆에 서 있기가 부끄럽다고!"

다음 날 두 사람은 다시 옷가게로 출발했다. 그리고 오이겐은 세 시간을 더 실랑이를 벌였다. 형님은 폭발하기 일보직전이었다. 그러다 아슬아슬하게 140유로에 흥정이 성사됐다. 형님은 계산을 했고, 차를 마시고 가게를 나왔다.

"다음에 꼭 한번 들러 주세요."

가게 주인이 상냥하고도 야릇한 미소를 띠며 말했다.

"가게 주인도 좋아하고 있잖아요? 우리는 서로 이해관계를 형성한 거예요."

"됐어!"

형님의 대답이 끙 하고 앓는 소리로 들렸다. 그래서? 점퍼는 훌륭했다. 그럼 됐지 않은가? 흥정은 그에게는 더없이 수고스럽고 피곤한 일이었다. 시간은 곧 돈이 아니던가? 그는 열흘간의 휴가를 사소한 것까지 흥정하면서 보내고 싶지 않았다.

"내가 뭘 사고 싶을 때마다 주인과 일일이 이해관계를 형성해야 한다면 말이야……."

"그렇다면요……?"

"아니야, 됐어. 어쨌든 휴가가 끝났군. 휴가비를 다 쓰기도 전에!"

11. 하이파이브

여름이 깊어지자 알프스의 계곡으로 가축 상인이 내려왔다. 계곡의 농부들은 그 스위스 산사나이를 익히 잘 알고 있다. 뼈마디가 튀어나올 듯 바싹 마르고 작은 체구지만 언제나 입성은 좋아 범접할 수 없는 사람이었다. 언제나처럼 그는 그 지방에서는 유일하게 식당을 겸하는 곳인 '취르프' 라는 여관에 머물면서 근방에서 어떤 소가 살 만한지 조사해 보았다.

"뭐 팔 만한 놈 없소?"

그가 물었다.

"못 팔 게 없지요."

소를 키우는 농부들의 대답이다.

"하지만 가축들이 아직 알프스 산 위에 있어요. 위로 올라가 어떤 놈이 맘에 드는지 한번 보시겠소?"

다음 날 가축 상인은 대략 백 마리 정도의 소들이 여름을 나고 있는 테르차 알프스에 혼자 올라갔다. 그 알프스 사나이는 소 한 마리, 한 마리를 유심히 관찰하며 소의 번호와 건강 상태, 걸음걸이, 특징 등을 기록하고 매우 신중하게 살 놈을 결정했다. 그런데 그 가축 무리 중에는 유난히 사나이의 시선을 사로잡는 소가 섞여 있었다. 배와 등에 마치 벨트를 찬 듯 하얀색 털이 흰 띠처럼 나 있는 소 두 마리였다.

알프스 산사나이는 흡족한 마음으로 다시 계곡으로 내려왔다. 원했던 소를 보았으니 흡족한 게 당연했다.

다음 날 저녁 취르프 여관에서는 협상이 벌어졌다. 여관 주인이 음식을 내왔다.

"다들 모이셨군요. 그래도 우리 집이 술집보다는 거래와 협상에 훨씬 낫지요. 암요, 백 번 낫다마다요."

여관 주인 말했다.

커다란 식당 테이블에 마을의 농부 여섯 명과 알프스 산사나이가 둘러앉았다.

그리고 또 바로 옆 나라에서 온 사람이 한 명이 더 있었는데, 티롤 남부의 바로 옆 계곡에서 온 농부였다. 그는 비록 거리는 가까운 곳에 살지만 이곳이 처음인 데다 이방인이자 외국인이었다. 다행히 이곳 말을 약간은 알아들었고, 독일어도 할 줄 알았던 알프스 사나이가 시종 그의 통역 역할을 맡았다.

"여기 모인 농부들은 독일어도 합니다만, 협상하는 동안에는 서로 자기들의 방언을 쓰기 때문에 그 말을 통역해 줄 사람이 필요합니다."

알프스 사나이가 말했다. 그래도 불안했던지 그는 거금을 지불하고 통역할 사람을 데려왔다.

협상이 시작됐다. 여관 주인은 빵에 훈제 소시지를 가져왔고, 오늘 밤 협상 테이블에 등장할 포도주를 담을 반짝반짝 빛나는 잔들을 세워 놓았다. 남자들은 코티넬리 와인을 마셨는데, 그중에서도 벨틀리나는 신맛과 풍부한 향이 협상 테이블에 제격이었다. 금세 500밀리리터짜리 한 병이 비워졌다. 여관 주인은 나중에 셀 수 있도록 빈 병을 치우지 않고 열 맞춘 병정들처럼 한 쪽에 가지런히 세워 놓았다.

밤이 깊어질수록 협상도 무르익고 있었다.

알프스 사나이가 소의 번호 하나를 부르며 말했다.

"그 소를 사고 싶소."

소 주인은 자기가 생각한 소 값을 말하기 전에 그 소가 얼마나 좋은 혈통이며 또 젖은 얼마나 잘 나오는지 그리고 머리통은 얼마나 잘생겼는지 칭찬을 늘어놓았다.

그 말을 주의 깊게 듣고 있던 알프스 사나이가 입에 문 파이프를 돌리며 대답했다.

"그럼요, 그럼요. 훌륭한 소임에 틀림없소. 그러니까 내가 사고 싶어 하는 거 아니겠소. 하지만 녀석이 완벽한 놈은 아니오. 다리가 튼튼하지 않았고, 허리가 약간 처져 있어요."

그의 머릿속에는 소들의 번호와 걸음걸이와 사소한 특징까지 모두 다 들어 있고, 당연히 그가 생각한 가격은 소 주인이 생각하는 가격보다 낮다. 그렇게 서로 만족할 만한 가격이 나올 때까지 서로 주거니 받거니 이야기를 계속하다가 마침내 합의점에 이르면 눈치 빠른 여관 주인이 벌써 준비해 놓은 포도주로 새로 잔을 채운다.

한 사람이 설명을 하면 그걸 듣는 다른 이들이 껄껄 웃음을 터뜨렸다. 알프스의 사나이가 통역을 통해서 얼른 티롤에서 온 이방인에게 물었다. 통역은 사실 별로 필요치 않았다. 참석한 것만으로도 충분했다. 농부들은 말을 조심했다. 너무 좋지 않은 소는 알프스 사나이에게 권하고 싶지 않았다. 그는 다시 올 터이고 그가 신뢰를 주는 만큼 그의 신뢰를 사는 것도 중요했으니까. 점잖은 장사꾼은 소 주인들의 수고를 덜어주었다. 한 번에 서른 마리씩 매매가 이루어진다면 정말 큰 이익이지 않은가!

그렇지만 갈 길은 아직 멀었다. 한 가지 한 가지 논의하고 타협점을 찾아야 했다. 시간이 흘러 새벽 두 시경이 되면서 여관 식당 테이블 위의 열 지어 서 있는 코티넬리 와인 병들은 이미 한 부대를 채웠다. 자기 소에 대한 농부들의 칭송이 꼬리에 꼬리를 무는 동안 간간이 여관 주인은 문틈 사이로 머리를 들이민다.

"아직도 멀었소?"

이제 마지막으로 두 마리가 남았다. 흰 띠가 있는 소 두 마리.

"그 두 녀석들을 내게 좋은 값에 주시지요. 전 벌써 여러 마리를 샀잖소."

알프스 사나이가 부드럽고도 겸손한 어조로 농부들에게 말하며 모두에게 한 잔 가득 새로 와인을 따라 주었다.

"그 흰 띠 소는 사실 사육에 적합하지 않아요. 내가 여러분들을 위해서 그놈을 가져가 드리지요."

그렇지만 포도주를 그렇게 많아 마셨는데도 농부들의 정신은 말짱했다. 테이블 맨 끝에 앉아 있던, 흰 띠 소의 주인이 얼른 대답했다.

"우리는 이 거래를 가치 있게 여깁니다. 이 모든 음식과 술을 마련해 준 것도 고맙게 생각해요. 하지만 우리 소를 갖고 싶다면 정당한 가격을 제시해 보시오."

알프스 사나이가 소 값을 불렀다. 농부들은 머리를 저었다. 다시 알프스 사나이가 가격을 높였지만 소 주인들은 꿈쩍도 하지 않았다. 다시 한바탕 많은 이야기들이 오갔고, 시곗바늘은 세 시를 향하고 있었다. 농부들은 침착하고 여유 있게 포도주를 마셨다. 결국 알프스 사나이는 흰 띠 소를 샀고, 최고의 가격이었다고 확신했다. 그 소는 사육하기엔 적당하지 않았지만 그가 사는 알프스 산악 지대 뮌스터탈에서는 이 흰 띠 소가 행운을 가져다준다는 오랜 미신이 있었다. 나쁜 기운이나 악령이 소들의 흰 띠를 보고 놀라 달아나 가축 떼를 보호해 준다는 믿음 때문에 우리마다 꼭 한 마리씩 넣어 두고 싫어 하니, 아마도 제대로 이익을 남기고 소를 팔 수 있으리라. 다음 날 아침 모든 협상은 끝이 났다.

계약서는 필요 없었다. 협상 테이블에서는 한 치의 양보도 없이 오로지 각자의 이득에 집중한 사람들이었건만 결국 언제나 깨끗하고 신의 있게 끝을 맺었다.

조금 뒤 취르프 여관의 주인은 밤새 올린 매상에 꽤 흡족한 표정으로 빈 병을 치웠다.

계산은 알게 모르게, 마치 아주 하찮은 일인 것처럼 암암리에 이루어질 것이다. 그리고 알프스 사나이는 떠날 것이다. 더 이상 여기 남을 필요가 없다. 가축들은 틀림없이 정확한 목적지로 보내질 것이다. 이틀 뒤면 농부들은 팔린 소들을 알프스 산에서 끌고 내려와 사나이가 보낸 차에 태울 것이다. 모든 것이 신뢰의 문제이다.

서로의 손바닥을 한 번 짝 하고 마주 치며 하이파이브를 하는 것으로 충분하다.

12. 금붙이

전쟁 포로로 잡혀 있던 아버지가 집에 돌아온 지 며칠 지나지 않은 어느 날 초인종 벨이 울렸다. 어머니가 문을 열자 문 밖에 남자 행상 하나가 서 있었다. 천을 팔러 다니는 행상인이었다. 이번에 그가 가져온 것은 양복감이었는데, 파랑, 진회색과 검은색 등등 색감도 고상했지만 같은 파랑이라도 밝기와 느낌이 수십 가지가 넘었고, 그중엔 가늘고 섬세한 줄무늬가 들어가 있는 감도 있었다. 어머니가 손가락으로 천을 만지작거리자 남자가 최고급 영국 트위드 천이라고 말했다.

그 순간, 어머니의 마음속에 무엇이 스치고 지나갔는지 아무도 알 수 없다. 미지근한 여름 바람이 평소 야무지고 깐깐한 어머니의 정신을 혼미하게 만든 걸까? 아니면 느릅나무 위에서 노래하던 새들이 세상 첫날처럼 새 날이 밝았노라고 어머니의 귀에 속삭였을까? 계단 위에 서 있던 낯선 남자의 미소 탓이었을까? 어쨌든 전혀 뜻밖에 어머니는 아주 경솔한 일을 저지르고 말았다.

냉큼 집 안으로 들어간 어머니가 금붙이를 들고 나온 것이었다. 그 금붙이, 그건 바로 집안의 가보였다!

"자요."

어머니가 조금의 망설임도 없이 행상에게 그걸 건네며 물었다.

"이거면 우리 남편한테 양복 한 벌 맞춰 줄 만한 옷감을 살 수 있겠어요?"

행상이 환하게 웃었다.

"물론이다마다요. 훌륭한 양복 한 벌이 충분히 나오지요."

행상인은 어머니가 고른 옷감 몇 미터를 재서 잘라 준 다음 금붙이를 챙겨 집어넣고서 사라졌다. 그리고 사람들은 그가 바로 그다음 버스를 타고 시내로 들어가는 것을 보았다.

어머니는 곧장 그 옷감을 들고 재단사를 찾아갔다. 재단사가 콧잔등에 주름을 만들며 물었다.

"트위드로군요. 영국산 트위드 맞죠? 스테이플 파이버라는 인조 섬유이지요. 나무에서 뽑아 낸 거랍니다."

재단사는 양복 한 벌을 지어 주었다.

동네 재단사의 수공은 꽤 비쌌다. 어떻게든 살아야 했고, 때는 참으로 어려운 시기였다.

그러나 아버지에게는 새 양복 한 벌이 생겼다.

"당신이 살아 돌아와 주셨으니까요."

아버지가 처음으로 양복을 입고서 빳빳한 바지 주름을 훑고 있을 때 어머니가 말했다.

"고맙소. 그런데 감이 좀 까슬까슬해."

새 바지와 그에 어울리는 재킷. 이 둘은 그해 여름 한철도 못 갔다. 다 해져서 한동안 옷장 속에 걸려 있다가 급기야 쓰레기 속에서 뒹굴었다.

진짜 영국산 트위드였다면 아마도 훌륭한 양복이 되어 이런 슬픈 이야기는 없었으리라. 하지만 이 이야기는 오랫동안 가족들 사이에 남았다.

"정말 이해할 수 없어요."

몇 년이 지난 후, 딸이 고개를 설레설레 흔들며 말했다.

"대체 왜 그러셨어요? 우리 집 금붙이 말이에요. 하필 그런 허접스러운 옷가지 때문에 그걸 내주시다니요?"

전쟁이 계속되는 와중에 어머니는 모든 걸 얼마나 처절하게 움켜쥐고 살았던가. 아끼고 절약하는 것만이 살 길이었다. 빵에 버터를 발라 달라고 말할 엄두도 못 낼 만큼 어머니는 모든 것에 인색했다. 그런데 대체 무슨 악마의 꼬임에 빠져들었기에 돈을 창밖으로 내던졌단 말인가?

식구들은 밤마다 차 한 잔으로 끼니를 때우고 꾸르륵거리는 배를 움켜쥐고 일찍 잠자리에 들었던 적이 많았다. 빵을 썰 때마다 식구들은 어떤 빵 조각이 다른 것보다 조금 더 두껍게 썰리지 않게 매우 조심해야 했고, 조금 더 두껍게 썰린

빵이 누구 차지가 되는지 서로 감시했다. 그건 케이크, 과자도 마찬가지였다. 전쟁 때문에 아이들의 눈대중은 점점 더 정확해졌다.

어려운 시기였다. 공구 만드는 일을 하던 아버지는 용케 징집을 피했지만 전쟁 막바지에 결국 전쟁터로 끌려 나갔고, 어머니와 아이들만 남았다. 어머니는 주변 사람들과 이런 물건을 맞바꾸며 생활을 꾸려 갔다. 어머니가 직접 담근 과일주는 최고의 수입원이었고, 미국에서 이모가 보내 준 담배도 식료품과 바꿨다.

금붙이도 이 이모에게서 받은 것이었다. 커다란 10달러짜리 순금 동전이었다. 한 면에는 인디언의 머리가, 또 다른 한 면에는 독수리가 새겨져 있었는데, '우리는 하느님을 믿습니다.' 라고 쓰여 있었다. 어머니는 그 순금 동전을 처음에는 기념품으로, 나중에는 전쟁 중의 비상금으로 간직했다.

"혹시 최악의 상황이 벌어진다 해도 우리한테는 그 금붙이가 있어!"

어머니는 이렇게 말하곤 하였다. 그리고 밤중에 사이렌 소리가 울리면 아이들을 깨워 지하실로 가기 직전에 침대 맡의 탁자 서랍에 열어 그 순금 동전을 잽싸게 꺼내 잠잠해질 때까지 코트 주머니에 잘 간직하곤 하였다.

언젠가 한번은 밤새 사이렌이 울렸고, 전투기와 폭탄 소리로 마치 온 세상이 폭발하는 듯했다. 이곳은 비교적 피해가

적었지만 다음 날 아침에 듣기로 인근 도시 전체가 초토화됐다고 했다. 어머니는 그 도시에 살고 있던 친척이 무사한지 보기 위해 걸어서 그곳에 갔다. 친척들은 아직 살아 있었다. 파편과 잿더미 속에 놓인 집 앞에 서 있던 그들은 어머니에게 커피 스푼 하나를 보여 주며 말했다.

"이게 우리가 가진 전 재산이야."

딸은 기억했다. 그 시절 모든 것들이 얼마나 귀하고 귀했는지. 이전에는 흔해 빠진 것들이 갑자기 큰 가치를 띠게 되었다. 나무만 해도 그렇다. 전쟁 통에 가족들은 이사 아닌 이사를 해야 할 경우가 많았는데, 그때마다 나무 옮기는 일은 정말 큰일이었다. 나무 말고는 가진 게 많지 않았으므로 이사는 비교적 간단했지만 나무를 마차 같은 것에 한 차 가득 싣고 끌고 다니기란 여간 고생이 아니었다. 하지만 남겨 두는 것은 하나도 없었다.

그러던 어느 날, 아버지가 갑작스레 집에 돌아왔다. 뒤셀도르프(독일의 서부에 있는 도시—옮긴이)에서 온 친구와 프랑스 포로수용소에서 탈출을 한 것이다. 거기 그대로 있다가는 굶어 죽었을 거라고 했다. 유럽 전체에 먹을 게 없던 시절, 누가 독일인 포로와 음식을 나눠 먹고 싶었을까?

그럼 어머니는? 몇 달하고도 몇 주 동안 빈곤과 허기에 허덕인 끝에, 폭격의 밤과 허기진 낮 동안에도 온 가족을 지켜

준 최후의 보루이자 오랫동안 잘 간직해 온 금붙이를 단번에 날려 버린 것이다.

13. 얼마지요? 너무 비싸요!

브리카가 시장에 나타나면 사방에서 사람들은 반갑게 그녀를 맞는다. 상인들은 그녀에게 과일이며 양념과 채소와 신선한 생선을 파는 것을 좋아한다. 물건을 외상으로 사지만 월말이 다가오면 누구보다도 가장 먼저 외상값을 갚는 이는 바로 브리카 할머니라는 사실을 모르는 상인이 없다. 그녀에 대한 신뢰가 높다 보니 모로코의 오래된 도시 마라케시에 있는 카스바(아프리카 북부의 아랍 여러 나라에서 볼 수 있는, 술탄이 있는 성과 그 주변 지역—옮긴이)의 상인과 가게 주인들의 호의와 존경이 늘 그녀를 따라다녔다.

하지만 브리카의 삶이 원래부터 평탄했던 것은 아니다. 소박한 일상을 위해서 더 이상 치열한 투쟁을 벌일 필요가 없을 정도만큼 살기까지 그녀의 인생 여정은 때로 험했다.

브리카의 남편이 세상을 떠나자 그녀는 새파랗게 젊은 나이에 아이가 다섯이나 딸린 미망인이 되었다. 그녀는 겨우 열네 살에 결혼했었다. 결혼하면서 남편은 대문을 걸어 잠갔고, 바깥일은 혼자서 다 알아서 처리했다. 늘 집 안에 갇혀 살던 어린 아내 브리카는 남편이 죽고 나자 망연자실했다. 앞으로 어떻게 살아야 할지, 저 붉은 성벽 밖의 삶은 어떨지 참으로 막막했다.

그때 참으로 다행스럽게도 남편의 여동생 술타나가 브리카의 집을 찾아와 주었다.

"그렇게 울고만 있지 마요!"

시누이가 말했다.

"새언니가 꼭 알아야 할 것을 내가 가르쳐 줄게요."

그리고 그녀는 브리카에게 시장에서 꼭 써 먹어야 할 지혜이자 알뜰한 살림살이를 위해서 기본적으로 알아야 할 방법을 가르쳐 주었다.

"여러 말을 할 필요는 없어요. 딱 이 한 마디만 하세요. '얼마지요?' 그럼 상대방이 값을 말하겠지요, 그럼 언니는 조용히 '너무 비싸요!' 라고 대꾸하세요. 다음 일은 알아서 굴러가게 돼 있어요!"

영리한 젊은 미망인 브리카는 배운 대로 했다. 이 같은 모든 거래의 제1법칙 덕분에 얼마 후 브리카는 카스바의 시장 골목에서 살아남게 되었다.

처음에는 시대 식구들을 돕다가 얼마 후 그녀는 큰딸 파티마를 데리고 공장에 나갔다. 수확기에 올리브와 살구 등을 포장하는 일이었는데, 한두 달 정도 바짝 한철만 일을 했다. 급료는 괜찮았다. 콩과 채소 조금만 사면 되니까. 카스바의 붉은 성 안에, 그것도 모로코 왕실 아주 가까운 곳에 남편이 남기고 간 집도 한 채 있었다. 사람들은 붉은 성 안쪽에 사는 것을 왕실의 이웃이라 여기고 대단한 자긍심을 가지고 있었다.

넉넉지 않은 살림살이였지만 그다지 비관적이지는 않았다. 브리카는 집 위층을 세놓았다. 아래층 현관에서 들어오자마자 계단 옆에 있는 좁고 기다란 타일 방 두 개를 브리카와 아이들이 나누어 썼다. 매달 들어오는 월세가 있어 더없이 다행이긴 하였으나 때로는 그것으로도 부족할 때가 많았다.

그래서 브리카는 남편이 선물해 준 보석과 장신구를 하나씩 둘씩 내다팔기 시작했다. 결혼할 때 받은 금과 반지, 팔찌, 귀고리를 이렇게 보험금 해약하듯이 쓰게 될 줄은 미처 몰랐었다. 그렇지만 허리띠를 더 졸라맬 수도 없었다.

세월이 흐르면서 조금씩 상황이 나아졌다. 큰 아이들은 자립을 했다. 브리카에게 요리를 배웠으나 이제는 엄마를 능가하는 요리 실력을 갖춘 큰딸 파티마는 왕실 요리사로 일자리와 동시에 영예를 얻었다.

가족이 힘을 모아 똘똘 뭉치다 보니, 브리카는 아이들을 고등교육까지 시킬 여력도 생겼고, 그중 아들 하나는 결혼하여 유럽으로 이주를 하였다. 착한 아들은 거기서 매달 꼬박꼬박 생활비를 부쳐 왔다. 물론 이것저것 다 하기엔 넉넉하지 않았지만 유럽으로부터 매달 받는 안정적인 수입은 생활에 보탬이 되었다. 이럴 때 브리카는 맨 먼저 전기요금, 수도요금, 전화요금과 골목 모퉁이의 가게 주인으로서 내야 할 세금과 자질구레한 비용을 먼저 정산한다. 이것이 그녀가 동네 골목골목을 당당한 기분으로 누비고 다니게 해 주고, 또 남들과도 진심 어린 인사를 주고받을 수 있게 해 주는 힘이란 걸 그녀는 안다. 이 모든 의무를 청산한 뒤에도 브리카의 지갑에는 시장에서 크고 싱싱한 생선 한 마리를 사기에 충분한 돈이 남아 있다. 하지만 어떻게 그게 가능할까?

"얼마지요?"

브리카가 가게 주인에게 묻고는 기다렸다는 듯 말한다.

"너무 비싸요!"

14. 행운아 세이드

세이드가 다니는 학교 같은 반에는 모로코 최고 명문가의 자제가 있다. 바로 카림이라는 친구였는데, 카림의 아버지는 모로코에서 왕 다음으로 부자였다. 카림 아버지의 재력으로 본다면 카림은 평생 일할 필요가 없었다. 그렇지만 카림은 언제나 유능한 사업가로 성공하고픈 열망을 품었다. 사고파는 것, 흥정하고 협상하는 일들이 그에게는 너무도 매력적이었고 순수한 삶의 기쁨 그 자체였다. 게다가 카림에겐 돈이 어디로 흘러 다니는지 냄새를 맡는 독특한 재주까지 있다.

한번은 카림이 세이드에게 동업자로 함께 장사해 보지 않겠느냐고 제안을 했다. 카림이 듣기로는 탕헤르라는 도시에서 중고 의류를 자루당 2천 디르햄(모로코의 화폐 단위—옮긴이)에 살 수 있다고 했다. 이 옷들은, 프랑스 같은 유럽에서 오는 것인데, 심지어 파리에서 온 것이 있기도 하다는 것이다. 봐서 품질이 괜찮다면 그들이 사는 이곳 마라케시에서도 쉽게 먹힐 수 있을 것 같았다. 그곳 사람들 또한 세련된 청바지와 멋진 티셔츠와 재킷을 좋아했고, 언제나 더 값싸고 좋은 것이 없는지를 찾아 두리번거렸다. 그런데 문제가 있었다. 안에 든 내용물을 보지 못한 채 꽁꽁 묶인 옷 자루나 뚜껑 닫힌 상자를 사야 하는데, 막상 열어 보니 그 안에 건질 만한 옷이 하나도 없다면 참으로 낭패다. 만일 그 안에 멜빵만 백여 개 들어 있다면? 요즘 누가 멜빵을 하고 다니는가? 하지만 그런 일이 벌어지지 말라는 법도 없다.

그런 위험 부담에도 불구하고 세이드는 이 일에 끌렸다. 마라케시에서 탕헤르까지 가는 여행경비와 물품 구입비는 카림에게 선불로 지급했고, 대신 경비를 제한 이익금 3분의 1을 동업자인 카림에게 지급하기로 했다. 세이드가 예상한 모든 변수를 감안한다 하더라도 몇 디르햄 정도는 벌 수 있었다. 세이드의 어머니는 세이드를 위해서, 또 세이드의 남동생이 고등학교에 진학할 때 필요할지도 모를 돈을 마련하기 위해서 식비를 절약하면서 돈을 마련했다.

카림과 세이드, 두 소년은 북쪽으로 가는 버스에 몸을 실었다. 여덟 시간을 달려 잠시 버스가 서자 행상들이 버스로 달려와 대추야자 열매와 무화과, 과자 등을 사 달라고 내밀었다. 카림이 동업자 세이드에게 이것저것 배를 채울 것을 집어주었다. 다음 정류장에서는 어떤 사람이 집 반 채는 지을 법

한 건축용 목재와 시멘트가 버스 지붕에 닿도록 싣더니 다음 정류장에서 바로 내렸다. 하지만 아무도 불평을 하거나 조바심을 내며 재촉하지 않았다. 오히려 그 반대였다. 대부분 버스 승객들은 불편을 감수하며 약간의 빈자리라도 기꺼이 내주며 싣고 내리는 것을 도와주었고, 카림과 세이드도 눈치껏 합세했다. 콧소리를 내며 울어 대는 염소와 암탉 대여섯 마리를 태우느라 정류장이 아닌 곳에서 버스가 서는 일이 반복됐지만 어쨌든 두 소년의 목적지 탕헤르는 점점 더 가까워지고 있었다.

버스는 마침내 탕헤르에 도착했다. 탕헤르는 아프리카에서 유럽으로 가는 관문 아니, 바늘구멍이라는 표현이 더 적합할 듯한 도시이다. 아프리카의 구석구석에서 모여든 사람들이 더 나은 미래를 꿈꾸고, 유럽행 배를 기다리는 곳. 항구도시이자 무역도시로 대륙 간의 화물 임시 보관소이며 밀수와 암시장이 성행하는 곳. 담배, 술, 장신구와 모조품들이 대량으로 유통되는 곳. 해지고 남루한 차림의 사람들에게는 심장 뛰는 삶의 애착과 열정이 가득하다. 이곳 탕헤르는 한때 전 세계의 유명한 예술가와 작가가 만나는 문화 도시였다.

마라케시에서 온 두 애송이는 한동안 휘둥그레진 눈으로 입을 쩍 벌리고 있었다. 두 소년이 물어물어 찾아간 곳에는 다 쓰러져 가는 헛간 같은 곳이 나왔고, 울타리 걸쳐 놓은 녹슨 함석판 위에는 그들이 찾던 주소가 적혀 있었다.

유럽의 기독교 사회복지단체에서 보내 주는 플라스틱 상자에 군인들을 위한 중고 옷가지들이 들어 있었다. 헛간 앞 공터에는 짐짝들이 길게 줄지어 늘어서 있었다. 돈을 지불할 수 있는 사람은 상자 하나를 고를 수 있었다.

"후하게 값을 쳐 줄 테니, 내가 살 물건이 뭔지 먼저 봤으면 해요."

한 참가자가 공터에서 감독처럼 보이는 이에게 돈을 건네자 그가 버럭 화를 내며 이런 대답만 들었다.

"안 됩니다. 규정에 어긋납니다."

거절을 당한 그 남자가 어느 것을 고를지 상자와 자루들 사이를 기웃거리고 있는 이 두 소년에게 말했다.

"새빨간 거짓말이야. 이 따위 자루 속에 뭐가 들었는지는 뻔하지. 여기서 일하는 자들이 미리 열어 보고 좋은 것들은 벌써 다 빼돌리고 허접쓰레기만 남겨 놓은 거라고!"

"어떤 보따리 속에 우리 행운이 들어 있을까?"

카림이 세이드에게 말했다.

세이드가 대열 사이를 오르락내리락하면서 자루마다 그 위에 일일이 손을 얹어 보았다. 그 안에 무엇이 숨겨져 있는지 마치 감촉으로 알아내려는 듯이 말이다.

"여기 이거."

마침내 세이드가 줄 맨 끝에 있는 자루를 가리키며 말했다.

"이게 우리 거야!"

카림이 웃었다.

"그게 무슨 소리야?"

카림이 살짝 비웃음 섞인 소리로 말했다.

"아니야. 저기 처음에 있는 거. 저게 가장 좋은 거야."

세이드는 고개를 가로저었다. 자신의 선택을 고수했다. 그러나 카림 역시 양보를 하지 않았다. 하마터면 두 친구는 주먹다짐을 벌일 뻔했다.

"좋아, 동전을 던지자."

한 친구가 제안했고, 세이드가 이겼다.

카림이 골랐던 자루는 다른 사람에게 팔려 갔다. 나중에, 그 보따리 주인은 분노로 폭발했다는 말을 전해 들었다. 카림과 세이드는 터지는 웃음을 참으며 씩 미소를 지었다. 세이드가 고른 자루는 정말 보물 상자였던 것이다!

둘은 흡족한 마음으로 자루를 가져다가 마라케시 골목의 시장에서 옷가지들을 팔았고, 꽤 많은 수익을 올렸다.

"네가 나한테 행운을 가져다주었어."

카림이 친구의 어깨를 토닥거리며 말했다.

자기의 몫을 받아 든 세이드의 얼굴이 환하게 빛났다. 돈 버는 일이 이렇게 쉽다니! 세이드는 곰곰이 생각했다. 길고 긴 방학이 이제 막 시작됐다. 세이드는 지금부터 토마토와 당근 상자를 시장에 나르거나 호텔에서 심부름꾼을 할 수도 있고, 다른 아르바이트 자리를 찾을 수도 있었다. 그래서 세이드는 이 돈으로는 뭔가 특별히 신 나는 일을 하고 싶었다.

세이드는 친구들을 빼놓지 않고 모조리 초대했다. 물론 여자 친구들까지. 깜짝 파티를 연 것이다. 파티는 굉장했다. 춤과 음악, 약간의 잡담과 아주 많은 과자와 초콜릿이 넘쳐났다. 그리고 다음 날 세이드는 돈을 몽땅 탕진했다.

하지만 행복도 탕진해 버린 것은 아니었다. 얼마나 즐거운 파티였던가! 이게 바로 남는 장사가 아닐까.

15. 두 명의 헤나 여인

손발에 헤나(부처꽃과의 관목으로, 머리 염색이나 일시적인 문신에 염료로 쓰인다.—옮긴이) 물을 들이는 것은 여자들의 일이다. 많은 나라들이 그렇듯 모로코에서도 오래전부터 내려오는 전통이었다. 결혼을 앞둔 신부가 하는 독특한 헤나 염색도 있지만, 여자들은 마치 새로 봄에 티셔츠를 사 입듯이 헤나로 치장하곤 했다. 그래서 특히 헤나 염색에 특별한 재주꾼, 즉 헤나의 달인이 마을마다 꼭 한 두 명은 있기 마련이다. 꽃, 덩굴, 보석 같은 마름모꼴 등 헤나 여인들의 문양은 사랑을 받고 있다. 마을 아가씨들은 끊임없이 그녀들을 찾는다. 거기서 서로 문신을 해 주며 한 방에서 차를 마시고 수다를 떨어 가며 시간을 보낸다.

에사우이라 해변 모래사장에서도 여성 여행객들을 상대로 붓끝에서 나오는 특유의 미적 감각으로 헤나 솜씨를 자랑하는 모로코 여인들을 심심치 않게 볼 수 있다. 가격을 듣자 브리카 할머니는 화들짝 놀라서 손사래를 친다.

"1백 디르햄이라니? 그 돈이면 닭 세 마리를 살 수 있는데! 어이가 없군, 정말 어이가 없어!"

혼자 중얼거리다 옆 사람한테 살짝 귀띔까지 한다. 시내에서는 절반 가격에 할 수 있다고.

그렇지만 유럽 여자들이 이 사실을 알 리 없다. 그들은 발갛게 그을린 피부에 코코넛 밀크를 문지르고 하루 20디르햄을 내고 파라솔이 달린 선 베드를 빌린다. 그녀들은 친구들과 잡담을 하면서 구릿빛으로 살갗을 태운 남자들을 지루하게 쳐다보고 있었다. 남자들은 해변에서 배구를 하며 거칠게 하이킥을 하거나 튀는 동작으로 플라스틱 원반을 던지며 관심을 끌려고 애쓰고 있었다.

그때 갑자기 어디선가 여자들의 날카로운 목소리가 들렸다. 모래사장의 사람들이 그쪽으로 고개를 돌렸다. 저쪽 파라솔 밑에서 모로코 여인 둘이 싸우고 있었다. 어찌나 화가 났는지 둘은 마치 육탄전이라도 벌일 태세였다. 그러자 파라솔 임대업자가 대체 무슨 일이냐고 물으며 둘 사이에 끼어들었다.

두 여인은 해변에서 관광객들을 상대로 헤나로 염색과 문신을 해 주고 있었다. 그런데 그중 한 여인은 숫기가 없고 소심해서 손님이 없었다. 하지만 수완이 좋고 자신만만한 다른 여인은 젊은 프랑스 여자 관광객 넷을 설득했다. 관광객들과 흥정이 다 끝났을 때 다른 숫기 없는 여인이 다가와 말했다.

"두 분을 제게 주세요."

하지만 자신만만한 여인이 거절을 했다.

"내가 애써 만든 손님이야. 내 손님이라고. 너하고는 상관 없어. 꺼져 버려!"

그녀가 대꾸했다.

모로코 말을 알아들을 수 없는 프랑스 소녀들은 킥킥거리며 자기들끼리 시선을 교환했다. 그리고 선 베드에 뻿뻿이 누운 채 헤나 시술 받기를 기다리고 있었다.

파라솔과 선 베드를 임대하는 남자가 두 여인에게 말했다.

"조용히 하지 않으면 두 사람 모두 쫓아 버리겠소! 영업 방해라고!"

그러자 싸움에서 진 여인이 방파제 위에 앉아서 저만치서 아까 그 여인을 노려보았다. 다른 여인은 아랑곳하지 않고 프랑스 소녀들의 손과 복사뼈에 열심히 헤나로 그림을 그리고 있었다. 그녀는 장사가 잘됐다. 상냥한 어투에 솜씨 있게 그 다음 손님도 좋은 값으로 낚았다.

"정말 아름다우세요. 손에 헤나로 그림을 그려 드릴게요. 여기 여자들은 다 그렇게 하지요. 행운을 가져다준답니다!"

한 시간 남짓 일한 후 그녀는 8백 디르햄을 지갑에 채워 넣었다. 하지만 방파제의 다른 헤나 여인은 여전히 빈손이었다.

파라솔 임대업자가 고개를 설레설레 흔들었다.

"언제부터 모로코가 이렇게 됐담, 쯧쯧. 이제 손님을 돈으로만 보게 됐다니 말이야. 그리고 옛날에는 자기 배만 불리고 자기만 챙기지는 않았지. 그건 모로코 방식이 아니거든."

파라솔 임대업자가 운 좋고 수완 좋은 헤나 여인을 향해 외쳤다.

"부끄러운 줄 아시오!"

그러더니 방파제에 있는 헤나 여인을 위로했다.

"당신은 당신 몫을 받을 거요. 이번 생애 말고, 다음 생애에 말이오."

집으로 돌아가는 길에 두 여인은 다시 한 번 머리채를 잡고 싸웠다. 다음 생애는 오거나 말거나!

16. 목각인형과 노인

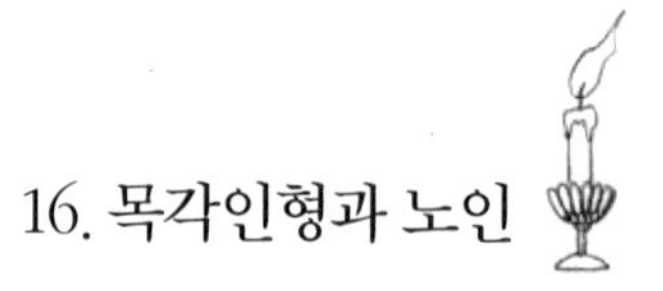

터번을 둘러서인지 노인의 머리는 원래보다 더 커 보였다. 그의 가냘픈 몸과 가느다란 목이 무거운 머리를 지탱하는 게 아슬아슬해 보일 지경이었다. 머리 주인이 바로 지금처럼 조금만 열심히 끄덕거리면 금세 떨어져서 바닥에 구를 것만 같았다. 물론 그런 일은 일어나지 않는다. 그리고 어두운 머리 장식 아래 쪼글쪼글한 갈색 얼굴에 두 눈이 반짝이고 있었다. 치아가 거의 다 빠진 입으로 그는 살짝 간교하고도 기세등등해 보이는 미소를 지었다.

그렇게 노인은 대개 같은 시간대에 늘 앉던 그 자리, 그 의자에 앉아 있었다. 항구에서 집으로 돌아가는 어부들과 선글라스와 슬리퍼로 무장하고 해변으로 향하는 여행자들의 물결이 교차하는 그곳에서 말이다. 노인은 산에서 나는 약초를 팔지도 모른다. 아니면 토마토, 가지, 살구를 팔 수도 있을 것이다. 노인은 큰 소리로 자신의 상품을 선전한다. 말꼬리를 길게 빼는 칼칼한 그의 음성이 나란히 서 있는 집들의 하얀 페인트 담장에 부딪쳐 메아리쳤다. 손님들을 불러 모으는 팔 동작과 팔고 있는 물건을 보면 그에게 예사롭지 않은 장사 수완과 재능이 있음을 알 수 있다. 그런데 이 노인이 파는 것은 자국민인 모로코 사람들이 보면 어이없어서 깔깔거리고 웃어버릴 만한 것이었다.

과연 노인은 무엇을 파는 걸까?

바로 목각 동물들이었다.

노인 앞에는 동물의 왕국을 옮겨다 놓은 듯 목각 동물들이 펼쳐져 있었는데, 다른 게 있다면 줄과 열을 맞추어 적당히 간격을 두고 서 있다는 점이었다. 원목을 조각하여 갖가지 염료와 소재로 색과 모양을 갖추었다. 여기저기 비슷하지만 자세히 보면 또 다르다. 닭이나 거북이도 훌륭하지만, 특히 말과 낙타는 정교하면서도 힘이 있었다.

적당히 나무를 깎았다고 하기엔 매우 훌륭했다.

관광객들은 걸음을 멈추고 허리를 굽혀 작은 동물 농장을 가만히 들여다본다. 예술적 가치가 있어 보였다. 순수하고 꾸밈없지만 위트가 넘친다. 보일 듯 말 듯한 작은 지혜와 상상력이 적절히 조화를 이루고 있는 작품을 감상하는 관광객들의 몸동작에 진지함이 배어 있다.

노인이 환하게 웃었다. 그의 영수증이 쌓여 갔다.

많은 관광객들이 한참을 웅크리고 앉아서 이것저것을 가

리키며 어느 것을 살지 도무지 결정하지 못했다. 어떤 이는 노인의 낙타를 사고, 다른 이들이 노인의 말을 데려갔다. 값이 얼마든 개의치 않고 말이다.

그 나라 사람들이 정말 웃지 않을 수 없다! 모로코는 이미 관광객들이 점령해 버렸다. 이럴 때 노인도 한몫을 챙기지 말라는 법은 없지 않은가. 몇 년 전 그는 더 이상 산 속에서 양치기 일을 하거나 채소 장사 따위를 하지 말고, 대신 예술을 하자고 맘먹었다. 해마다 모로코로 밀려드는 구매력 있는 관광인파도 생각했다.

그때부터 그의 삶은 확 달라졌다. 점점 더 좋아졌다. 물론 나무토막 하나에 40디르햄이나 60디르햄을 지불할 모로코 어부는 없었지만, 관광객들은 달랐다.

동물 목각인형에 대한 아이디어는 어느 날 갑자기 커다란 터번을 두른 그의 머릿속에 떠올랐다. 그는 그 생각대로 했고, 장사는 잘되었다. 심지어 시내의 어느 갤러리에서 전시회까지 치렀으며, 그 대가로 필요한 염료를 모두 제공받았다. 나무는 도시에서 40킬로미터만 벗어나면 얼마든지 구할 수 있다. 동물농장 전체가 다 팔리고 나면 그는 다시 돌아갔다가 새로운 동물 식구를 몰고서 다시 돌아온다.

그리고 언제나 앉아 있는 그 자리에 날마다 거의 같은 시간대에 앉아 있다. 항구에서 집으로 돌아가는 어부들과 해변으로 몰려가는 관광객이 교차하는 그곳에.

17. 양탄자 사랑

사건은 아프리카 모로코 단체여행에서 시작되었다. 원래 키아라는 단체여행을 바보 같은 짓이라고 생각했다. 하지만 '열흘간의 사하라 사막 횡단' 이라……. 젊은 유럽 여성 혼자? 그래서 이번만큼은 안전한 단체여행이 낫겠다 싶었다. 모로코는 처음이었으니까.

아, 모로코! 첫눈에 키아라는 모로코에 반했다. 높은 산맥을 통과하는 여행 자체만으로도 그랬다. 마치 영화를 보는 듯했다. 관광버스 창밖으로 내다보이는 풍광은 뭐라 설명할 수 없었다. 마을에서 마을로 옮길 때마다 여인들의 의상도 달라졌다. 빨강, 오렌지, 터키 블루, 온갖 천연석과 진주로 화사하게 수놓은 치마와 머릿수건은 다채롭다 못해 현란했다. 그러다가 사하라 사막의 시작 지점에 이르자 주변의 색채도 점점 차분하고 단조롭게 변하더니 급기야 사방이 온통 새까맸다. 이곳은 색채마저도 고요했다.

사막은 고요했다.

그 후, 키아라는 다시 큰 도시인 마라케시로 돌아왔다. 너무 대조적이었다. 얼굴들, 냄새, 온갖 소음들로 북새통이었다. 시장에서는 기념품 흥정이 한창이고 대중 사우나에서 모로코 여인들은 공공연히 때밀이에게 때를 미는 걸 즐겼다.

"유럽 여자들은 왜 이렇게 더러운 거야? 저 때 밀리는 것 좀 봐!"

그들이 자기들끼리 수군거렸다. 밤이면 이곳저곳을 어슬렁거리며 오색의 욕망을 만끽했다. 극장에서는 한 마디도 알아들을 수 없지만 만담꾼에게 귀를 기울인다. 수많은 음악가들의 리듬에 몸을 맡겨도 좋고, 아련한 피리 소리나, 끊길 줄 모르는 드럼 소리는 그냥 신경을 쓰지 않는 게 편했다. 검은 아프리카에서 온 뱀 부리는 사람과 무면허 의사들은 정체 모를 뿌리와 모피, 뼈가 갑자기 닥치는 운명의 장난을 막아 줄 거라 한다. 어쨌거나 왠지 약간의 행운이 기대되었다. 다음 날 키아라는 햇빛에 취한 채 테라스에 앉아 신선한 오렌지주스를 마시며 붉은 성벽 너머를 바라보았다. 황새가 지붕 위에서 알을 품고 있었다.

첫 모로코 여행 이후 키아라는 그 나라를 여러 번 찾아갔다. 한번은 지난 사막여행에서 만난 여자 친구와 갔다. 둘은 모로코에 대한 감동을 나누었다. 마라케시에서 박물관을 찾아가는 길에 둘은 시장의 외곽에서 마라케시가 고향인 젊은 남자 가이드 하나를 썼다. 골목골목의 북새통을 안전하게 안내하겠노라는 말이 맘에 들어 그 남자의 제안을 받아들였다. 잠시 후 두 사람은 박물관 가는 길에 있는 그의 삼촌네 양탄자 가게에 들어가게 되었다. 물론 차와 모든 게 준비돼 있었다.

사실 키아라는 오래전부터 양탄자를 살 생각이었다. 그래서 처음부터 문양이며 색깔 등을 눈여겨봐 두고 있었다. 양탄자 거리의 가게들도 자주 들여다보곤 했다. 사방 벽이며 천정까지 온갖 양탄자들이 산더미같이 쌓인 조그만 가게 안에서 양탄자들이 순식간에 펼쳐지고 다시 접히기를 반복하면서 미래의 주인이 될 손님에게 자신의 비밀과 아름다움을 펼쳐 보이겠노라 유혹하는 듯했다.

두 여자가 접이식 의자에 앉아 있는 양탄자 가게에 갑자기 남자 예닐곱 명이 한꺼번에 들어왔다. 남자들은 일사불란하게 사방에서 양탄자들을 끌어와 두 사람 앞에서 펼쳐 보였고, 눈 깜짝할 사이 그 위에 다음 양탄자가 펼쳐졌다. 그들은 어떻게 해서든 양탄자를 팔려고 했고, 그물에 걸린 두 여인이 버둥거렸다. 공기가 탁하고 답답했다. 키아라는 하는 수 없다고 생각했다. 양탄자를 사지 않고는 영원히 이 가게를 떠나지 못할 것만 같았다. 그래서 결국은 아주 비싼 것을 뻔히 알면서도 양탄자 하나를 샀다. 아름다운 수공예 양탄자였고, 마음에 쏙 들었다. 그렇지만 키아라는 모로코 양탄자를 다른 식으로 사길 원했었다. 아름다운 여행에 대한 추억만큼이나 아름답게 기억할 수 있도록 말이다.

키아라가 후회하는 것은 돈 때문이 아니었다. 기분이 찜찜했다. 이용당했다는 뒷맛이 씁쓸했다. 억지로 샀다는 느낌은 쉽게 가시지 않았다.

집에 돌아와 키아라는 양탄자를 펼쳤다. 양탄자를 보자 다시 기분이 환해졌다. 키아라는 혼잣말을 했다.

"이걸로 나는 모로코에 투자를 한 거야. 내가 꿈꾸고 좋아하는 나라에 말이야. 그런데 뭐가 문제야?"

몇 년이 흐른 뒤 키아라는 스페인으로 여행을 갔다. 지브롤터 거리를 지나 바닷가에서 몇 시간을 흘려보내면서 그녀는 막 끝나 버린 사랑을 가슴에 묻고 있었다. 키아라는 바다를 사랑했다. 대기 중의 소금기, 해변에서 파도가 부서지는 소리를 좋아했다. 바다 건너편에는 모로코 항구 도시 탕헤르가 있었다. 매일 그녀는 그쪽을 바라보았다. 아, 모로코! 키아라는 오래전부터 다시 한 번 모로코에 가기로 계획했었다. 모로코의 춤 그나와에 대해서 더 알고 싶었다. 확실히 이 춤에는 치유의 힘이 있었다. 바로 지금이 그나와를 추기 가장 좋을 때 아닌가. 그런데 혼자서 모로코에 여행을 간다고? 이 생각이 키아라를 망설이게 했다.

모든 의혹과 불안감에도 불구하고 마침내 키아라는 용기

를 내어 탕헤르로 가서 마라케시행 버스에 몸을 실었다. 그리고 매번 모로코에 올 때마다 늘 편안히 묵었던 옛 시가지 한복판에 있는 세헤라자데 호텔에 객실을 하나 얻었다.

하지만 여행은 전 같지 않았다. 다른 때에는 늘 누군가 동행을 했지만, 완전히 혼자라고 생각하니 지금은 아무렇지도 않은 듯 거리를 활보하는 것이 키아라에게는 너무도 힘겹게 느껴졌다. 아니나 다를까, 벌써부터 뒤에서 남자들이 휘파람을 불며 수작을 걸어 왔다. 그들은 하나같이 키아라에게 도시를 안내하고 싶어 했다. 시장이나 박물관을 보여 주고 싶어 했고, 모두 다 커피 한 잔 할 시간을 따로 비워 놓은 듯했다. 한번은 열다섯 살도 채 안 되어 보이는 사내아이가 관광 안내를 하겠다며 호텔까지 쫓아와서는 도무지 물러갈 생각을 하지 않고 애를 먹여 호텔 주인이 직접 나서야 했다.

사흘도 못 가서 키아라는 기진맥진했다. 호텔 안에서는 갇혔고, 호텔 밖으로 나가면 사냥을 당했다. 그나와 춤을 배울 계획은 잊은 지 오래다. 다만 꼭 하고 싶은 것이 있었다. 너무도 아름다운 관광지인 마조렐 정원의 부겐빌레아 꽃 아래 벤치에 앉아 책을 보기, 모든 망상을 잊은 다음 다시 집으로 돌아가기가 바로 그것이다.

이튿날, 키아라는 마조렐 정원을 찾아가 야자수와 대나무 숲 사이로 졸졸 흐르는 샘물 소리를 듣고, 선인장과 온갖 종류의 남국의 꽃들 사이에 자리 잡은 거북이 호숫가에서 평화로운 시간을 보내고 난 뒤 호텔로 돌아가는 길이었다. 키아라가 낯선 구역의 좁은 골목길에서 길을 잃고 헤매고 있는데 저쪽에서 누군가 자전거를 타고 다가오고 있었다. 멀리서도 그의 친절한 미소를 알아볼 수 있었다. 호감 가는 남자라고 키아라는 얼핏 생각했다. 그리고 얼른 그에게 길을 물었다.

자전거를 탄 그 남자의 이름은 하미드였다. 대학생이었으며 프랑스 어를 전공하고 있었다. 방학 동안에는 아르바이트를 한다고 했다. 하미드는 닥치는 대로 일을 했다. 지금은 시장에서 몇 시간 동안 오렌지, 감자, 당근 상자들을 옮기고서 점심을 먹으러 집에 가는 길이었다. 그도 유럽에서 온 아가씨가 무척 맘에 든 듯했다.

하미드는 유럽 사람들을 꽤 많이 알고 있었다. 종종 관광가이드를 하면서 친구가 된 사람도 있었다. 하미드는 유럽 여자들에게 말 거는 법을 잘 알고 있었다.

"세헤라자데 호텔이라고요?"

하미드의 집도 마침 같은 방향이었다.

"바람을 쐴 수 있어서 참 좋았어요."

걸으면서 키아라가 말했다.

외국 여자 혼자서 마라케시의 거리를 돌아다니며 어땠는지, 또 얼마나 이 나라를 좋아하는지, 그리고 그나와 춤을 배우고자 하는 바람도 이야기를 했다. 그는 그나와 춤에 일가견이 있는 여자를 알고 있는데 키아라가 원한다면 함께 가 주겠다고 했다.

만일 이 남자가 호감 가는 형이 아니었다면 키아라는 이 제안을 거절하고 그냥 집으로 돌려보냈을지도 모른다. 지난 며칠간의 경험들이 너무 힘들었던 탓에 키아라는 신경이 잔뜩 곤두서 있었다. 그렇지만 하미드는 품위가 있었고, 대번에 키아라의 눈에 들어온 장점인데, 뻔뻔스러울 정도로 잘생겼다.

키아라는 하미드의 초대를 받아들였다. 우선 호텔 근처의 바에서 차 한잔을 마신 다음에 그 그나와 춤을 잘 안다는 여인에게 갔다. 나중에 듣기로는, 하미드가 점심을 먹으러 집에 들르지 않겠다고 집에 전화를 했을 때 그의 어머니가 이렇게 말했다고 한다.

"그 여자 조심해라!"

하미드가 어머니에게 무슨 일이 있었는지 누굴 알게 된 것인지, 단 한 마디도 하지 않았는데 말이다.

그나와 춤 선생은 하미드의 가족이 사는 구역에 살고 있었다. 혜안을 갖고 있어서 이런저런 문제로 찾아오는 사람들에게 상담이나 예언도 해 주는, 일종의 상담사이자 점쟁이기도 했다. 집에 들어서자 그녀는 하미드와 키아라를 반갑게 맞아주었다. 춤 선생은 향을 피우더니 다짜고짜 키아라가 함께 온 남자와 함께 오래오래 행복하게 살 것이라 예언을 했다.

키아라는 깔깔 웃었다. 어쩌면 하미드가 그녀에게 선불을 냈는지도 모를 일이다. 하지만 이제 정작 중요한 그나와 춤에 대한 질문이 남았다. 그녀가 고개를 끄덕였다. 기꺼이 키아라를 지도할 생각이 있다고 했으나 그녀가 제시하는 수업료는 가히 천문학적이었다. 키아라는 밤새 곰곰이 생각해 보겠노라 말하며 감사를 표하고 작별인사를 했다. 그 집을 나왔을 때는 이미 그 문제는 더 이상 중대하지도 간절하지도 않았다.

그럼에도 불구하고 키아라는 모로코에 좀 더 오래 머물고 싶었다. 단 며칠, 아니 몇 주라도……. 그러다가 꼬박 두 달이 되어 버렸다.

키아라와 하미드는 거의 매일 만났다. 하미드는 키아라에게 열렬히 구애를 하였지만, 예의와 절제를 갖추었다. 한번은 자기 집에 키아라를 데려가 어머니와 형제들에게 소개를 시켜 주었다. 그러나 키아라는 냉정한 태도를 지켰고, 얼핏 튕기는 듯도 했다. 사실 객관적으로 보면 이 이야기는 너무 상투적이고 뻔하다. 얼마나 우스꽝스럽고 판에 박힌 이야기인가! 천일야화 속의 잘생기고 매력적인 왕자님과 실연한 유럽 여자가 휴가지에서 사랑에 빠진다……. 친구들에게 이 이야기를 해 주는 상상만으로도 아찔한데 하물며 그를 부모님에게 데려간다는 것은 키아라한테는 정말 상상할 수도 없는 노릇이었다. 어떤 말을 듣게 될까? 경고? 좋은 뜻으로 하는 따끔한 충고? 끔찍하다! 어쩌면 이 젊은 모로코 남자의 머릿속에는 유럽에서의 새로운 인생에 대한 꿈이 똬리를 틀고 있는지 모르겠다. 그것이 그가 생각하는 사랑이자 순수한 계산과 거래가 아니라고 누가 장담할 수 있는가?

더구나 키아라는 바로 얼마 전 사랑했던 사람과 헤어졌다. 그 상처를 잊기도 버거운 이때 다른 남자를 찾고 싶지는 않았다.

그런데도 하미드와 키아라는 함께 여행을 감행했다. 둘은 마라케시의 아름다운 카페와 앉아 이야기를 나누었다. 언젠가 그녀는 하미드에게 양탄자 샀던 이야기를 하면서 사기를 당했다는 느낌 때문에 씁쓸했다고 말했다. 그래서 하미드를 포함해 이곳 사람 모두가 그녀에게는 뛰어난 상인처럼 보인다고 했다. 눈 깜짝할 사이 거래는 끝나고, 지불해야 할 대가가 너무 클 때가 있다고.

"그 양탄자 가게에서는……."

하미드가 말했다.

"당신한테서 가능성을 보았던 거예요. 당신이 양탄자를 살 준비가 돼 있었던 거지요. 장사꾼은 그런 감이 있는데, 그걸 십분 활용했을 뿐이고."

이제 키아라는 유럽으로 돌아가야 했다. 일과 그녀의 일상이 기다리고 있는 유럽으로. 떠나기 직전 하미드가 연락을 해왔고, 만나서 전해 줄 게 있다고 했다. 엽서마다 찍혀 있는 마라케시의 상징인 쿠투비아 사원이 한눈에 보이는 카페에서 만나기로 약속을 했다. 둘이 자주 갔던 곳이다.

나무 테이블에 앉자마자 하미드가 끈으로 묶은 종이 상자를 내밀었다.

키아라의 눈이 동그래졌다. 끈을 풀고, 둘둘 말린 신문지를 벗겨내 보니 하늘색의 페르시안 실크 양탄자가 나왔다. 키아라는 어안이 벙벙했다. 일정한 직장도 없고 아버지도 없는 대학생이 이런 비싼 물건을 어떻게 마련했으며 왜 그녀에게 보여 주는지 이해할 수 없었다.

"당신한테 주는 거예요."

하미드가 흡족한 미소로 말했다.

"가져가서 당신이 산 다른 양탄자, 당신을 화나게 만들었던 그 양탄자 옆에 깔았으면 좋겠어요. 그리고 앞으로는 좋은 추억을 간직한 내 양탄자를 보면서 처음의 나쁜 경험을 두 번째의 좋은 기억으로 덮어 버릴 수 있다는 걸 기억해 주길 바라요."

키아라는 이 선물이 무슨 의미인지 알지 못했다. 북아프리카의 베르베르 족 사람들은 수백 년 전부터 사랑하는 이에게 청혼할 때 양탄자를 선물한다. 양탄자가 얼마나 진지하고 심각한 의미를 가질 수 있는지 키아라는 몰랐다. 양탄자가 인생을 거는 선물이라는 것을, 좋은 양탄자는 한 세대에서 다음 세대로 대물림하는 것이기 때문이라는 것을 그녀는 몰랐다.

자신의 페르시안 실크 양탄자 앞에 앉아 그 눈부시게 곱고 섬세한 무늬에 바라보면서도 키아라는 이 모든 사실을 알지 못했다. 다만 한 가지는 확실히 알 것 같았다. 그토록 자기를 이해해 주는 사람은 아직 단 한 번도 없었음을.

의심은 제마 엘 프나 광장의 반짝이는 밤하늘 위로 연기처럼 사라졌다. 나쁜 기억은 없어졌다. 푸른 실크 속에 잘 짜인 좋은 추억들이 더더욱 영롱하게 빛날 뿐이었다.

18. 값 깎기 금지

오이겐과 안나는 고향으로 돌아왔고 쇼핑은 다시 아주 쉬운 일이 되었다. 물론 여기저기 둘러보고 가격을 비교하는 것도 얼마든지 가능하다. 쇼핑하는 자세도 근본적으로 다르다. 슈퍼마켓의 계산대에 있는 아줌마한테 가격을 깎아 달라고 조르는 사람은 없다. 그저 상투적인 인사를 하고 돈을 지불할 뿐이다. 값은 정해져 있으니까. 사실 곰곰이 생각해 보면 따분한 일이다.

이따금씩 오이겐은 새로 습득한 기술을 써먹고 싶어서 안달일 때가 있다.

예컨대 얼마 전 사려던 재봉틀의 경우가 그렇다. 인근 대도시를 돌아다니다가 둘은 우연히 발견한 어느 가게 앞에 걸음을 멈췄다. 털실이며 바느질 등의 수예용품을 파는 작은 가게였다. 중고 재봉틀이었지만 첫눈에 보기에는 상태가 좋아 보였다. 재봉틀에 비스듬히 기대어 세워 놓은 가격표에 적힌 가격도 그만하면 괜찮았다.

"꼭 하나 사려고 했던 거야!"

안나와 오이겐이 가게 안으로 들어섰다.

가게 주인은 꽤 교양 있어 보이는 50대의 부인이었고, 재봉틀을 꺼내 와 찬찬히 이런저런 설명을 덧붙여 주었다. 오래된 모델이고, 약간 사용했으며 전면 분해해 수리를 했다.

가격을 묻자 부인은 가격표에 크고 분명하게 250유로라고 적혀 있지 않느냐며, 물론 케이스 포함 가격이라고 반문했다.

"2백 유로로 깎아 주실 수 있지요?"

오이겐이 대뜸 물었다.

"네? 지금 무슨 말씀이신가요?"

가게 주인이 꿀꺽 침을 삼켰다. 그리고 심호흡을 하더니 말했다.

"아니, 어떻게 그런 생각을 하시는 거죠? 기계 세척비만 해도 1백 유로가 들어갔어요. 매입가와 자릿세와 인건비가 있는걸요. 정당한 가격이죠! 미안하지만 이곳은 값을 흥정하는 곳이 아니랍니다!"

"그냥 해 본 말이에요. 그 정도 희망 사항은 말할 수 있지 않습니까?"

오이겐이 그녀를 달랬다. 하지만 그 가게 주인은 그런 희망 사항을 들어 줄 의향이 전혀 없다는 듯, 손가락에 힘을 주어 문을 가리켰다.

"30년 가까이 장사하면서 이런 경우는 처음 봐요. 댁 같은 손님은 사양하겠어요. 내가 매긴 가격을 의심하다니! 당장 내 가게에서 나가 주세요!"

"당신 지금 제정신이야?"

안나가 뒤따라 걸으면서 물었다. 화가 머리끝까지 난 목소리였다.

"내가 벼르고 별렀던 재봉틀이란 말이에요. 이제 저 가게에는 발도 못 들여놓게 됐잖아!"

"내 참, 그냥 물어본 것 가지고…… 누가 저렇게 길길이 뛸 줄 알았나, 뭐?"

오이겐이 멋쩍어했다.

"가게 주인의 자존심을 건드렸잖아요. 나한테서는 꿈에 그리던 재봉틀을 앗아 갔고!"

"에누리 없는 장사가 어디 있담?"

오이겐이 계속 볼멘소리를 했다.

"그래도 다시 한 번 도전해 보지, 뭐. 이번엔 혼자 들어갈게. 그게 더 재미있겠어."

"퍽도 재미있겠다. 거리로 내쫓기지나 마시지."

안나가 빈정거렸다.

다음 날 안나가 선수를 쳤다. 내키지 않았지만 어쨌든 다시 그 가게로 들어가서 남편의 무례함에 대해 거듭 사과하고 가격표에 제시된 가격에 재봉틀을 사겠다고 했다.

"어제 그 손님이시군요. 왜 또 오셨어요?"

가게 주인이 다소 누그러진 목소리로 덧붙였다.

"재봉틀 상태는 매우 양호해요."

이어 재차 강조해서 말했다.

"가격도 싸고요! 아마 3백 유로도 충분히 받을 수도 있을 거예요. 하지만 나는 그렇게 하지 않습니다. 적당한 가격을 받지요. 전 언제나 이런 신조를 지켜 왔어요."

"그럼요, 그렇고말고요. 제가 정말 좋은 값에 잘 사는 거지요."

안나는 몇 번씩 맞장구를 쳤다. 그리고 오히려 안나가 감사 인사를 했다.

하지만 다음번에 집을 살 때는 오이겐의 협상 취미가 빛을 발했다. 오이겐이 말한 액수보다 더 받아내려던 매도자들은 오이겐이 완강하게 버티자 진땀을 빼다가 결국 지고 말았다. 안나는 그 후, 남편을 대단히 자랑스러워하게 되었다. 싼 값에 멋진 집이라니!

19. 암탉과 해바라기에 관하여

남아프리카 공화국 사람들은 너무도 오래전부터 무언가 조금은 좋게 변해 주기를 간절히 바라고 또 바라 왔다. 인종차별정책이 끝나면서 정치가들은 셀 수 없이 많은 약속을 했었다. 그 약속의 반이라도, 아니 삼분의 일이라도 지켜졌더라면 그들의 삶은 정말 달라졌으리라.

하지만 개선된 점은 찾아볼 수 없었다. 시골이나 대도시의 중심가에서나 예전과 다름없이 평범한 사람들은 늘 그래 왔듯이 생존의 언저리에서 하루하루를 허덕이며 산다. 거기다가 오랜 갈등과 새로운 반목까지 점점 불이 붙는다. 나라는 윤리적인 다양성에 자긍심을 갖고 있지만, 일상에서 함께 공존하기가 좀처럼 쉽지 않다.

"실업 때문이야."

사람들은 말한다. 옛날에는 흑인과 백인 사이의 불평등이 문제였지만, 지금은 부자와 가난한 사람들 사이에 커다란 균

열이 생겨 그 틈이 점점 더 커지고 있다. 부유한 흑인들은 옛날에 부유한 백인만큼도 나라의 불평등에 대해서 개의치 않는다는 사실에 사람들은 더욱 씁쓸해했다.

"요즘에는 사는 게 전쟁 같아요."

한 도시의 여성이 이야기한다.

"우리 남편만 해도 그래요. 20년 넘게 한 공장에서 열심히 일했죠. 그런데 회사가 부도났고 남편은 거리에 나앉게 됐어요. 열심히 저축해 모아 놓은 적은 돈으로 간신히 택시 한 대를 살 수 있었죠. 그런데 택시 기사로 버는 수입이 옛날 임금에 비하면 턱도 없어요. 너나없이 택시를 몰고, 경쟁은 이루 말할 수가 없으니까요."

좀 더 잘 살고 싶은 사람은 발판을 마련해야 한다. 잘 팔릴 수 있는 무언가를 찾아내야 하는데, 그것을 찾기가 그리 쉽지 않다. 언제나 한 발 더 빠른 사람이 있기 마련이고, 어딘가에서 더 나은 조건을 가진 사람이 나타난다.

언덕 위의 어떤 작은 마을, 도시에서 걸어서 두어 시간 떨어진 곳에 얼마 전부터 여자들이 모여서 암탉 장사를 하고 있었다. 그녀들은 대표와 비서, 회계 담당자로 팀을 만들어서 일하고 있다. 누구에게 재무와 회계 업무를 맡기느냐를 결정하는 투표를 맨 나중에 하는데 그게 가장 어렵다. 금고를 믿고 맡길 수 있는 사람이 그 업무를 맡아야 하기 때문이다.

그녀들은 암탉을 파는 것뿐 아니라 암탉 사육도 계획했다.

"우리는 함께 일하면서 우리의 삶을 변화시킬 거예요."

그들은 말했다.

그들은 더 이상 기다리지 않고, 직접 행동에 나섰다. 매일같이 만나 공동 통장에 돈을 넣고 일을 계획했다. 양계장을 짓고 튼튼한 울타리도 쳤다. 닭 모이를 주고 보살피는 모든 것들도 철저히 계획해서 지켜 나갔다. 원칙도 정했다. 지각하는 사람은 벌금을 낸다. 만일 이때 얼굴을 찌푸리는 사람에게는 다른 사람들이 신랄하게 비웃어 준다.

"손해 안 보려면 좀 일찍일찍 일어나는 게 어때?"

"네가 그렇게 꾸물거리면 우리 통장에 돈이 쌓여서 좋지, 뭐!"

계획은 순조롭게 진행되었고, 시작부터 꽤 호응을 얻었다.

총회에서 여자들은 살면서 겪는 갖가지 문제와 어려움에 대해서 서로 이야기를 나눈다. 남자들에 대한 근심과 아이들 걱정, 또 마을의 어린 소녀에 대해서도. 아직 스스로도 어린아이인 소녀들이 아이를 임신하는 사례들이 너무 많은 것이다.

화근은 도시에서 차를 끌고 시골로 오는 남자들이었다. 그들은 소녀들과 이야기를 나누고 선물을 한다. 립스틱이나 나일론 스타킹, 혹은 돈 몇 푼을 손에 쥐어 준다. 그다음에는 아이가 생기고, 남자들은 꽁무니를 뺀다. 수치스럽다!

"우리 미래는 우리 손으로 만들어야 해요."

여자들은 말한다. 닭장도 딸들을 위해서 만들었다. 이 마을에서의 삶이 조금이나마 나아지면 한낱 허황된 꿈에 소녀들이 더 이상 자신을 팔지 않으리라 희망해 봤다.

처음엔 이 집단에 남자도 두 명이 있었다. 닭장을 지을 때 도와준 두 남자의 공을 여자들은 높이 샀다. 하지만 지금은 딱 한 명만 남아 있다. 나머지 한 명이 슬그머니 암탉 두 마리를 집으로 빼돌린 것이다. 그를 추적해 알아낸 사실이었다.

"내 아이들이 굶주렸어요. 그렇게 매정하게 굴지 마요. 나도 할 만큼 했으니 그 닭들은 내 닭이기도 해요. 두 마리 정도는 눈감아 줄 수도 있잖아요? 닭이 5백 마리나 되는데 그 많은 닭들로 뭣들 하시게요?"

남자는 적반하장이었다.

그러나 여자들은 그의 바람대로 자비롭지는 않았다. 그리고 입을 모았다.

"우리 공유 재산을 침해하는 사람은 더 이상 우리 사람으로 인정할 수 없어!"

"우리는 사업가야. 사업가는 때로 냉철한 판단을 하지 않으면 안 돼."

암탉들은 통통하게 무럭무럭 자라 곧 시장에 내다 팔 수 있게 되었다.

대표와 비서가 며칠 전 닭 두 마리를 가지고 도시로 가는 버스를 탔다. 둘은 대형 슈퍼마켓으로 가져가 관리자에게 보였다.

"이런 닭 5백 마리를 공급해 드릴 수 있는데요."

슈퍼마켓의 관리자는 녀석들을 꼼꼼히 살펴보더니 여자들이 사는 곳을 물었다.

"그렇게나 멀단 말이오? 미안하지만 나는 곤란해요. 운반비가 너무 비싸요. 뭐, 한 6백 마리 정도쯤 되면 운반비가 상대적으로 낮아지니 가능성이 있겠네요."

6백 마리는 불가능하다고 대답했다. 지금 있는 닭장이 너무 작아서 5백 마리도 버거운 상태였다.

"아쉽군요."

관리자가 말했다.

"그럼 난 어쩔 수 없어요. 나도 계산이 맞아야 하니까요. 직접 운반책을 마련하든가 아니면 냉장기기를 이용하든가 해보시오. 그럼 몇 배로 많은 닭을 사육할 수 있을 테니 말이오. 그렇지 않으면 아마 그 근처의 시장에 내다 팔아야 할 거요."

사업하는 사람은 때로 냉철한 판단을 하지 않으면 안 되었다.

도시에서 마을로 돌아오는 길에 두 사람은 길가에서 그들의 경쟁자가 세워 놓은 알록달록한 팻말을 보았다. '무지개 양계장'. 양계장의 규모는 방대했다. 그들보다 아마 1백 마리는 더 키울 듯했다. 하지만 더 확실한 것은 냉장시설이 있다는 점이다.

"여기서 우리 닭을 사 주지 않겠다면, 다른 방법을 찾아볼 수밖에."

두 사람은 중얼거렸다.

그들은 계획을 바꾸기로 했다. 닭을 이곳저곳에 몇 마리씩 팔기로 한 것이다. 이 사람 저 사람을 만나며 때로 기분이 상하기도 했지만 그래도 포기하지 않았다. 그들은 두세 명씩 한 조가 되어서 닭을 몇 마리씩 날라서 시장이나 멀리 떨어진 동네에 내다 팔았고 집집마다 찾아가 팔거나 길가에서도 팔았다. 물론 도시의 어느 슈퍼마켓보다도 가격은 쌀 수밖에 없었다. 훗날 다시 모여 앉아 모든 것들을 재차 의논해야 했다. 닭을 키우는 일을 계속할 수 있을지도 의문이었다.

마을로 돌아왔을 때에는 닭장 문 옆에 그들이 해고했던 남자가 음흉한 미소를 지으며 물었다.

"닭들이 참 통통하게 살이 올랐군요. 이제 팔 때가 되지 않았어요? 자, 어때요. 내가 반값에 사죠."

대표를 맡은 여자가 그에게 돌멩이를 집어 던졌다. 다른 사람의 불행에 기뻐하는 자 따위는 그들에게 필요치 않았으니까.

산 너머 다른 쪽에도 마을이 하나 있었다. 이 마을에서도 여자들이 뭉쳤다. 팔을 걷어붙이고 곡괭이를 들었다. 의욕의 파도가 이곳 사람들을 사로잡았다.

"남아프리카의 주인은 우리입니다."

사람들은 말했다.

"우리가 우리 권리를 주장해야 해요. 처음에는 힘들겠지만 조금씩 조금씩……."

"정부의 문은 아주 두터워요."

다른 사람이 말했다.

"각자 자기만을 위해서 문을 두드리면 아무도 그 소리를 들을 수 없어요. 하지만 모두가 함께 문을 두드리면 안에서 아무 소리도 듣지 못하는 척은 하지 못할 겁니다. 언젠가는 두툼한 문도 열리겠지요."

두 번째 마을의 여자들은 이렇게 생각했다. 열심히 일하는 사람은 반드시 성공할 것이라고.

"맞아요. 평화는 우리가 빈곤에 대항해 싸울 때 얻어지는 거예요."

그들은 함께 양배추를 재배했다. 시장에 내다 파는 건 문제가 아니었다.

"우리가 바로 시장이니까요."

그들이 웃으며 말했다.

그들은 서로 수확물을 나누어 필요한 만큼 가져갔다. 그리고 남는 것은 내다 팔았다. 밭뙈기로 말이다. 근방에 사는 사람들도 그들이 어떤 작물을 파는지 알았고, 품질이 좋고 값이 싸다는 것도 알게 되었다.

이 마을 여자들도 통장 하나를 공동 관리한다. 관리담당자는 이 일에 특별히 자부심을 느낀다. 여자들은 그 돈으로 학교와 고아원을 지원한다. 그리고 풍작이 돼서 조금 여유가 생길 때에는 돈이 없어 양배추를 사 먹을 수 없는 사람들에게 무료로 나누어 준다. 환자와 고아들도 물론 잊지 않는다.

"그 사람들은 특히 잘 먹어야 해요."

잘 먹는다니? 이 말에 모두 폭소를 터뜨린다.

"니기, 말해 봐요. 잘 먹는다는 게 무슨 뜻이죠? 그쪽으론 당신이 최고잖아요."

늙은 농부 니기는 약간 망설였다. 그녀는 손을 내젓더니 씩 웃으면서 고개를 숙였다. 허리에 양손을 얹고 잘 가꾼 들판을 바라보았다. 검고 기름진 땅을. 그녀의 알록달록한 스웨터와 새파란 머릿수건이 펄럭인다. 그녀가 수줍은 듯 대답했다.

"잘 먹는다는 건 사랑이 담긴 음식을 먹는다는 거야."

채소와 우유를 넣은 걸쭉한 옥수수 수프인 '푸투' 정도면 괜찮다. 푸투는 옛날식으로 하는 요리인데 만드는 데 시간이 필요한 음식이다. 옥수수를 쪄서 갈고 호박잎을 따서 곱게 썬 다음 그걸 장작불에 올려 우유를 넣고 아주 은근히 끓이면 푸투 수프가 되는데, 푸투 수프를 먹으면 잘 먹었다 말할 수 있을지 모르겠다고 니기가 대답했다.

"장수하게 하는 건강식이니까."

"에이!"

젊은이들이 응수했다. 니기가 고개를 저었다. 젊은이들은 이런 수고로운 조리법을 별로 좋아하지 않는다. 빨리 되는 것을 원한다. 무엇이든 짧게 줄여 말하고 단축시키길 즐기고 즉석 음식을 사는 걸 좋아한다. 몸에 좋은 푸투 수프를 만들 시간은 도무지 없다.

"그래도 내가 집에서 푸투 수프를 끓여 주면 우리 아이들은 '엄마, 너무 맛있어요.' 라고 말하는걸!"

그녀들이 일구기 시작한 밭은 아주 작았다. 각자의 경험을 한데 모았고, 밭은 해마다 점점 커져 갔다. 처음에는 채소를 그 지역에서만 팔았지만 지금은 새로운 거래처를 뚫었다. 고객도, 거래하는 슈퍼마켓도 점점 늘어났다. 운반 수단도 확보되었지만 머지않아 이 마을까지 도시에서 버스가 들어와 새로운 거래처가 생길지도 모른다. 시장이 가까이 접근하면 시간은 점점 앞당겨질 것이다.

여자들은 계획 세우기를 좋아하고, 굳이 새 계획을 비밀로 할 이유도 없다. 그들은 이번에는 해바라기 평원을 꿈꾸었다. 해바라기를 키우는 것이다. 나중에 압축기를 마련하여 요리에 필요한 값비싼 해바라기 씨 기름을 날마다 짤 것이다. 직접 기름을 짜서 쓰면 생활비도 절약된다. 그리고 혹시 누가 아는가, 수출까지 할 수 있을지도 모른다.

"케이프타운에까지 팔 수 있을지도 몰라요!"

만일 그것이 잘되지 않는다면 다른 방법을 찾을 것이다.

"산 너머 다른 마을에서는 닭을 키운다는 소리를 들은 적이 있어요."

니기가 미소 지으며 주름 사이사이마다 현명함이 깃든 얼굴을 찡긋해 보였다. 닭을 사육하려면 싸고 좋은 사료가 필요하다. 그리고 해바라기 씨가 닭 사료로 최고라는 건 어린아이도 아는 사실이다. 산 너머 다른 동네의 여인들에게 한번 이 멋진 교류를 제안해 보면 어떨까?

20. 사업적 감각

“우리 나이지리아에는 언어가 아주 많습니다. 동네마다 그 동네 언어가 있을 정도이지요. 옆 동네에 놀러 갔다가 그 동네 사람들이 하는 말을 알아들을 수 없어 답답해하는 사람이 한둘이 아닙니다. 물론 영어로 의사소통을 할 수도 있으니 그건 문제가 아닙니다. 친구들끼리도 방언을 쓰길 좋아합니다. 위급한 상황일 때 특히 유용하지요. ‘무기 가지고 있니? 그걸로 때려눕힐까?’ 이렇게 다른 사람들이 알아들을 수 없도록 자기들끼리 말을 맞출 수 있지요.”

조슈아는 의기양양하게 웃었다.

인구 1억 5천만 정도 되는 나라인 나이지리아는 서아프리카에서 가장 인구가 많은 나라이다. 하지만 조슈아는 그에 대해 이렇게 말했다.

“공식적인 인구는 그게 아니에요. 현실은 완전히 다르지요. 실제로는 그보다 훨씬 더 많습니다. 시골이나 변두리에 사는 사람들은 대부분 기록이 없으니까요. 그런데 어떻게 인구 계산에 포함됐겠어요?"

조슈아의 아버지는 공군조종사였다. 그의 가족은 원래 남쪽의 에도 주가 고향이었지만, 그는 덥고 건조한 북쪽에서 자랐다. 아이였을 때, 그리고 사춘기 소년이었을 때 조슈아는 자기 나라의 북쪽에서는 이방인이었다. 학교도 다니고 친구도 있었지만 결코 그들과 하나가 될 수 없었다.

나이지리아는 분단국가이다. 남쪽은 기독교이고, 북쪽은 이슬람교이다. 강이 있는 남쪽에는 비싸고 귀중한 물과 지하자원, 금, 코코넛 야자수 등이 있고, 특히 나이지리아 삼각주 아래 석유가 묻혀 있다. 세계 석유 보유고의 약 삼분의 일이 바로 거기 묻혀 있다. 한때 물고기가 가득했던 물과 농경지와 홍수림 아래 말이다.

"그에 비해 북쪽에는 모래밖에 없습니다."

조슈아가 약간 거만한 표정으로 말했다.

"모래와 땡볕과 땅콩이 조금 있을 뿐입니다."

그런데 권력은 북쪽에 있다. 온 나라를 무자비한 통치권하에 놓고 유리한 모든 수단을 손에 쥐고 있다. 북쪽에는 정부 공직자들이 에어컨 시스템을 갖춘 아름다운 집에서 살고 있다.

남쪽 사람들은 계속해서 북쪽과 인연을 끊어야 한다고 말한다. 아니면 석유가 가져다주는 이득을 공평하게 나누어 주거나. 북쪽에서는 이런 요구를 지금까지 아주 잘 저지해 왔다. 나이지리아의 역사를 보면 군인의 영향력과 역할이 점점 더 커지고 있다. 음모 가득한 못된 자본주의, 매수와 차가운 살인!

오늘날 이 나라는 차츰차츰 민주화되어 가고 있다. 그렇지만 낡은 관습은 지독하고 질긴 것이어서 쉽사리 바뀌지 않는다.

조슈아는 이 문제를 느긋하게 보는 편이다.

남쪽에서 온 기독교인이 북쪽의 이슬람교도 틈바구니 속에서 자라면서 두 세계 사이에서 어떻게 움직여야 하는지를 배웠다. 균형 잡는 법, 그것이 아주 가느다란 줄타기일 때도 종종 있다.

"나이지리아의 문제는 바로 종교라는 말을 끊임없이 듣습니다. 이슬람교 대 기독교, 기독교 대 이슬람교. 그사이 다른 사람에게는 전혀 문제가 되지 않는 것을 모든 사람이 믿게 되었죠. 참으로 한심한 선동이며 편 가르기가 아닐 수 없습니다. 사실 나라가 이 지경이 된 것은 나이지리아 엘리트의 책임입니다. 탐욕스럽고, 비열함으로 가득 차 있고 뼛속까지 부패했지요!"

나이지리아 국민들은 정부로부터 무언가를 기대하는 것은 벌써 오래전에 포기했다. 차라리 스스로를 돕고, 세계 각국의 인맥에 의존한다. 조슈아의 가족들도 지금 세계 각지에 흩어져 살고 있다. 이탈리아에 한 사람, 캐나다에 한 사람, 조슈아 본인은 독일에서 산다. 조슈아의 부모와 막냇동생은 나이지리아 남부로 돌아갔다. 공군이었던 아버지가 연금을 받기는 하지만 그것으로는 생활이 불가능하다. 조슈아는 매달 100유로씩 보낸다. 그와 그의 형제들이 보내 주는 돈으로 다행히 부모님은 안락한 노년을 보낸다. 자식들은 부모를 위해서 시골에 작은 집도 한 채 지어 주었다.

조슈아가 지난번 왔을 때에는 이 집 지붕 위에 태양광 시설을 탑재해 놓았다. 부속물 일체는 제2의 고향인 독일의 전문상가에서 이런저런 기능과 가격을 꼼꼼히 비교하고 검토해서 구입했다. 모든 가족들이 지붕 위의 발전시설에 감탄을 금치 못했다. 툭하면 전기가 끊기는 바람에 지금껏 얼마나 불편을 겪었는지 모른다. 국가의 견고한 서비스가 여기에서는 순전히 꿈만 같은 이야기다. 밤에 환한 전깃불을 본 사람조차 없으니까. 냉장고는 정기적으로 꺼져서 우유가 상하고 음식이 부패했다. 음식 조리는 어쩔 수 없는 경우에만 마당에 장작불을 지펴 놓고 할 수 있고, 마을 사람 모두가 텔레비전 한 대에 매달려 축구경기를 본다. 병원에서는 위급상황에서조차 자체 발전기가 작동하지 않을 때에는 수술과 처치가 불가능하다.

정부는 이 고질적이고 낡아 빠진 에너지 시스템을 개선할 어떤 해결책을 찾지 않는다. 국민의 복지와 안전을 돌보는 일을 전혀 중요하게 생각하지 않는 것 같아 보인다. 매일매일 해가 뜨는데 무슨 걱정이냐는 식이다. 태양에 대한 믿음이 확실하다.

그러니 나이지리아 남쪽 작은 시골 마을 집 지붕 위의 반짝반짝하는 태양광 시설이 이웃들에게는 신기한 일이고 큰 흥밋거리가 아닐 수 없었다. 조슈아도 설치 작업을 약간 도우며 사진을 찍어 나이지리아의 아는 사람들한테 이메일로 사진을 보냈다. 그들은 또 자기들이 아는 다른 사람들한테 이 이야기를 전했고, 즉시 단체 주문이 들어왔다.

신년에 고향에 들렀을 때 조슈아는 자기 고객들의 집을 일일이 방문했다. 대금도 선불로 받았다. 조슈아는 독일에 가족이 있고, 어린 딸이 하나 있으며 저축액은 그리 많지 않다. 그렇지만 이 선불금과 그가 쌓은 신뢰로 사업을 실현할 수 있었다. 유럽으로 돌아온 조슈아는 주문한 물건이 잘 운송되도록 챙겼다. 벨기에의 안트베르펜을 통과하는 선적회사도 찾아냈다. 첫 물량은 50개였는데, 아는 사람과 함께 오래된 화물차에 실어 그걸 먼저 벨기에로 옮겼다. 배를 통해 짐이 나이지리아에 도착하면 이 물건을 실은 화물차가 나이지리아 내륙에서 지방까지 운반할 것이다. 이 화물차는 나이지리아에서 작은 화물운송회사를 하는 친구에게 갈 것이며, 그 역시 선불로 받았다.

일종의 무역업인 이 일은 조슈아에게도 적잖은 이익을 안겨 주었다. 화물차를 판 이익금으로 운반비를 충당할 수 있었고, 태양열 장치 개당 3백 유로 정도가 남았다. 처음 시작하는 일치고는 꽤 전망이 좋아 보였다.

조슈아는 대량의 무역을 꿈꾸고 있었다. 나이지리아 태양에너지로 이름이 나기를 바랐다. 조슈아의 친구 중에는 독일인과 결혼하여 프랑크푸르트 근교에 살면서 펌프 무역으로 성공한 친구가 있는데, 그 친구가 역할 모델이다. 그 친구가 나이지리아에 공급한 작고 실용적인 펌프는 막대한 매출을 올렸다. 나이지리아의 식수 사정은 전기 못지않게 엉망이었다. 공직자들에게 약탈당한 국고는 텅 비어 있어서 낡은 파이프와 수도관을 교체하거나 수리할 돈이 없었다. 국민들의 집에는 물이 나오지 않는 수도꼭지만 있을 뿐이었다. 나와도 녹물이거나 마실 수 없는 물이 흘렀다.

그래서 얼마 전부터는 양동이나 깡통을 들고서 공동 수도로 물을 받으러 다닌다. 공동 수도에서 긴 줄을 서서 몇 시간씩 기다렸다가 무거운 물통을 질질 끌고 집으로 간다. 할 수 있는 사람은 직접 땅을 파서 물을 마시게 되었다. 마당에 관을 심어 독일에서 들여온 펌프로 깨끗한 지하수를 끌어올렸다. 처음 들여간 두 컨테이너 분량의 펌프가 순식간에 팔렸다. 그 후부터는 주문량을 채우기에도 벅찰 만큼 호응이 좋았다. 조슈아의 친구는 생산업체와 독점계약을 맺고 나이지리아에 펌프를 공급하다가 지금은 제품에 자신의 이름을 새겨

넣어 판매하고 있다. 그는 펌프 덕분에 자립은 물론 큰 자산가가 되었다. 조슈아도 어쩌면 태양 에너지 분야에서 그렇게 될 수 있지 않을까. 고향에서의 수요는 대단했다. 나이지리아 인구가 얼마나 되는가? 수백만하고도 수천만……. 그 많은 인구가 물과 에너지를 필요로 한다.

"나이지리아에 없는 물건을 외국에서 살 수 있는 부자들은 많습니다."

조슈아가 말했다.

"서아프리카는 부자예요. 독재자 아바카(나이지리아의 군인이자 정치인으로, 1993년부터 1998년까지 나이지리아를 통치했다. 언론과 인권 탄압으로 악명이 높았으며, 특히 집권 중에 천문학적인 돈을 외국으로 빼돌려 축재한 것으로 유명하다.—옮긴이)를 한번 생각해 보세요! 아바카의 어마어마한 돈을. 그는 부유하고 비열했습니다."

하지만 모두가 그랬던 것은 아니다. 분명 좋은 사람들도 있다. 조슈아가 눈을 찡긋해 보이더니 환하게 웃었다.

"100퍼센트 보장할 수는 없습니다. 하지만 되는지 안 되는지 시험을 해 볼 수 있지 않겠습니까. 네, 서아프리카인이 돈을 벌게 해 주고, 힘을 실어 주십시오. 조만간 그 일이 값진 일이었음을 알게 될 것입니다."

조슈아는 인공위성이다. 민중의 외부초소이다. 유럽에서

결혼했고, 어린 소녀의 아버지이다. 독일에 잘 적응했으며 유창한 독일어를 구사하며 독일의 관습을 이해하고 장모를 존경한다. 그러나 그의 심장은 아프리카를 위해서 뛴다. 그의 머리는 나이지리아를 생각하고 그의 사업 감각은 탁월하다. 외국에 있는 나이지리아 인이 자기 고향을 위해서 일해야 한다고 생각한다. 나이지리아의 다른 희망이기 때문이다.

"유럽이나 미국을 따라잡는 일이 우리에게 얼마나 고되고 힘든 일인지 잘 압니다. 하지만 우리에겐 그럴 의무가 있습니다. 만일 그것이 가능하다면 얼마나 좋을까요. 아마 그게 바로 천국일 겁니다. 그리고 천국은 혼자만 독차지하는 것이 아닙니다."

21. 피의 무덤

언덕 꼭대기 위에 동그란 돌멩이들이 저녁 태양 속에서 빨갛게 반짝였다. 그것들은 선사시대 거인들의 아이가 잃어버린 거대한 구슬들처럼 거기 그렇게 있었다. 세계의 전망대라 불리는 마토보 국립공원(아프리카 짐바브웨 남부 불라와요 시의 남쪽에 있는 화강암 구릉. 영국령 남아프리카 제국의 창시자 세실 로즈의 무덤이 이곳에 있다.—옮긴이)과 세상이 내려다보이는 전경. 근처에서는 민간 치료사들이 해마다 정기적으로 모임을 여는데, 현대문명과 코카콜라와 기독교의 전파에도 불구하고 이 모임은 여전히 늘 대중의 열렬한 지지와 관심을 모으고 있다. 마토보 언덕에서는 시간이 잠잠히 정지해 있다.

부드러운 한 줄기 바람이 한낮의 열기를 걷어 냈지만, 빨간 돌은 여전히 뜨겁다. 갖가지 색으로 빛나는 호기심에 가득 찬 도마뱀들이 벌거벗은 바위 위로 쏜살같이 기어간다. 그러고는 뭐 먹을 거라도 없나 살피는지 고개를 빳빳이 쳐들곤 한다. 그러면 그 뒤로 날카로운 새의 비명 소리가 한번씩 들리다가 다시 고요해진다.

마토보 언덕 바위 한가운데, 철판 묘비 아래 묻힌 어느 영국인 남자가 이 마법 같은 장소를 자기의 마지막 쉴 곳으로 고른 것은 숨이 멎을 정도로 아름다운 이곳 경치 때문에 사람들이 끊임없이 찾아올 거라는 걸 알았기 때문이리라.

세실 로즈. 오늘날 많은 사람들에게 그의 이름은 오로지 영국에서 온 아프리카 식민지 정치가, 무식한 백인, 독재자, 인류 역사상 암울한 한 장을 기록한 장본인 등으로 기억되고 있다. 1902년 숨을 거둔 그는 마치 자기가 아프리카 왕이라도 된 듯 앉은 채 매장해 달라고 했다. 단단한 바위를 앉은키에 맞게 아치형 무덤으로 크게 파기는 쉽지 않았다. 지금도 그는 거기 바위 무덤 안에 확고부동하게 앉아 있다.

짐바브웨 독립 이후, 세실 로즈의 유해를 의미 깊은 전통 의식이 치러지는 이 장소에서 치워 버리려는 시도는 계속돼 왔다. 하지만 그러한 노력은 지금까지 모두 수포로 돌아갔다. 비용이 많이 드네, 시간이 오래 걸리네 등등. 때로 신문에는 이런 기사까지 실렸다. 세실 로즈는 아직 살아 있다! 만우절도 아니고, 무슨 농담이란 말인가. 매년 다시 돌아오는 인기 있는 남자, 세실 로즈!

파란만장했던 이 나라를 여행하던 의사 가족은 저 아래 주차장 관리인이 반갑게 맞아 주는 걸 보면서 오래 기다리기를 잘했다고 생각했다. 세실 로즈의 무덤을 구경하는 가격은 꽤 비싸지만 어린이는 반값이고 젖먹이는 공짜이니 그런대로 괜찮은 편이었다. 여행 가이드로부터 크게 기대할 것은 없었다. 위에 도착해서는 어른들은 넋을 잃고 둘러보고, 네 살배기 아이가 돌무덤을 두리번거리는 동안 좀 큰 아이들은 알록달록한 도마뱀을 획 잡아채 보려 하지만 뜻대로 안 된다. 나중엔 어린아이들이 제법 경건한 눈빛으로 이제야 찾았다는 듯한 목소리로 중얼거린다.

"그러니까 이게 룸피의 무덤이군요!"

세실 로즈가 아니라 룸피? 룸피는 암캐의 이름이다. 룸피는 이 나라 남부의 마지막 백인 선교단인 성 안토니 선교단이 키우던 개인데, 의사 가족이 이곳에 도착하자마자 선물로 받은 펠릭스라는 개의 어미였다. 몇 년 후, 룸피는 시름시름 앓다가 나중에는 눈에 띄게 쇠약해져 갔다.

"왜요? 룸피는 왜 죽었어요?"

아이들이 물었다.

룸피는 질병에 시달렸는데, 몇 가지 치료법을 써도 안 듣자 결국 룸피를 총살시킬 수밖에 없었다고, 의사 가족에게 여행지를 안내하던 필립 형제가 음울한 표정으로 말했다.

"그러니까 룸피는 하늘나라에 있단다."

필립 형제가 아이들에게 말했다.

"무덤은요?"

아이들이 물었다. 이 물음에 필립 형제는 묵묵부답이었다.

하지만 벌써 답은 나왔다. 아이들은 만족했다. 세상에서 가장 아름다운 이곳에 룸피도 누워 있을 것이다. 그들은 이곳에 나중에 한 번 더 다시 올 것이다. 가장 사랑스러웠던 개, 펠릭스와 그 어미 룸피를 기억하며. 선교단의 응접실 소파에 살금살금 올라앉기를 좋아하던 룸피, 그리고 오더매트 신부를 신뢰 가득한 갈색의 눈동자로 쳐다보던 룸피를.

아이들은 성실했던 친구, 룸피를 위한 조촐하고도 격식이 갖춰진 무덤을 발견했다. 룸피가 어디에 묻혀 있는지 알게 된 것은 참 다행스러웠다.

나중에 이 의사 가족들은 차로 돌아가는 길에 언덕 발치에 있는 경비와 몇 마디 말을 주고받았다. 해피모어라는 젊은 청년이었다. 물리와 고급 수학을 공부한다는 이 청년은 나중에 기회가 된다면, 장학금을 받아 대학에서 더 공부를 하고 싶다고 했다.

"세실 로즈의 유골을 여기서 데려가는 것에 나는 반대예요."

청년이 말했다.

"여러분이 그의 무덤을 관람하면서 내는 입장료는 모두 세실 로즈 재단으로 들어갑니다. 그 재단에서는 매해 세계의 모든 대학에서 선발된 학생들을 옥스퍼드로 보내서 거기서 몇 년간 공부할 수 있는 기회를 준답니다!"

해피모어도 옥스퍼드에 가고 싶었다. 그래서 마토포 국립 공원의 한가운데에 한적하게 뚝 떨어져 있는, 작은 초가지붕 안내 센터에 매일같이 앉아 있는 것이다. 물론 세실 로즈에 대해서 할 말은 많다. 세실 로즈는 이 나라를 약탈했고, 아프리카 원주민에게 사기를 쳐서 그들의 권리를 거의 공짜나 마찬가지로 팔아 치우도록 강요했다. 세실 로즈의 재단 역시 따지고 보면 제국주의의 유산이다. 그들의 목적은 앵글로색슨족의 가치를 세상에 널리 퍼뜨리는 것이겠지만, 해피모어는 상관없단다. 자신이 살아갈 수 있다면, 그곳이 어디라도 상관없다고 했다. 그러므로 어떤 무덤이든지, 그것이 세실 로즈의 무덤이든 아니면 룸피의 무덤이든 지키겠노라고 했다.

22. 뒷마당 거래

유럽으로 돌아가기 직전, 의사 가족은 공항에 후임자를 마중 나가 데려오기 위해서 짐바브웨의 수도 하라레로 갔다. 그들은 시내에 들어서기 무섭게 차의 스페어타이어를 거의 코앞에서 도둑맞았다. 떠나기 며칠 전까지 이렇게 풋내기처럼 당하다니! 키콤베 씨는 측은하다는 듯 고개를 설레설레 저을 뿐이었다. 키콤베 씨는 의사 가족이 하라레에 올 때마다 머물곤 하는 맘보 하우스의 지배인이다. 그간 키콤베 씨가 얼마나 자주 주의를 주었던가 말이다.

"요즘 여기서는 쓰레기통 하나라도 지키는 사람 없이 밖에 세워 두면 안 돼요. 그 사실을 차츰 알게 될 겁니다."

키콤베 씨가 이렇게 말했었다.

그들은 물론 충분히 조심하고 있다고 생각했다. 식당에 가서도 일부러 주차한 차가 보이는 자리에 골라 앉았다.

"차 전체가 다 보이는 자리였나요, 아니면 차의 일부만 보이는 자리였나요?"

키콤베 씨의 질문에 곰곰이 생각해 보니 베란다 난간에 가려 차의 일부가 보이지 않았었다.

"그거 보세요. 그 사람들은 그걸 귀신같이 안다니까요. 이쯤이면 상황을 파악하고 전화위복으로 삼으셔야 해요. 바퀴 네 개가 몽땅 없어지지 않은 게 천만다행이라고요."

키콤베 씨는 더더욱 대담하고 희귀한 절도 사례를 줄줄이 열거했다. 가장 최근의 사건은 그의 집 바로 옆집에 경비업체라고 속여 세를 들어와서는 밤중에 주변의 집들을 모조리 털어간 일이었다. 도둑을 막기 위한 가장 손쉬운 자구책으로는 길과 접한 쪽에 담장이나 울타리를 쌓든가 정말 단단히 겁을 주고 싶으면 거기에 쇠꼬챙이, 철사, 유리 조각 등을 덧입히는 방법도 있다. 처음에 경비업체 전문가라고 속였던 자들은 일주일 동안 이웃들의 동태를 살피고 아무도 눈치채지 못하게 사다리로 담장을 넘어 가져갈 수 있는 것들, 그러니까 살아 있는 닭, 공구, 자전거, 자동차에서 떼어 갈 수 있는 모든 것들과 심지어는 빨랫줄의 빨래까지 아주 조용하고 재빠르게 훑어갔다.

이 집 저 집에서 귀신 곡할 노릇이라며 소동이 벌어졌지만 경찰이 들이닥쳤을 때에는 이미 바닥에 종이 몇 장만 나뒹굴 뿐, 벌써 오래전에 그들은 달아나고 없었다.

키콤베 씨는 참 어이없다는 듯 연신 헛웃음을 쳤다. 사방에 위험이 도사리고 이웃에게 털리는 시절이라니!

그들은 키좀베 씨가 매일같이 쓰고 다니던 가죽 모자까지 훔쳐 갔다. 그 모자만 쓰면 키좀베 씨는 짐바브웨의 대도시 큰길 어디서나 대문짝만 한 현수막을 내걸어 선전하는 유명한 짐바브웨 맥주 키부쿠의 광고 속 모델 같아 보였다. 현수막 구석에 키부쿠 맥주잔을 들고 씩 웃고 있는 그 모델은 맘보 하우스의 지배인 키좀베 씨와 어찌나 닮았는지 의사 가족의 아이들은 그를 볼 때마다 차창 밖으로 고개를 내밀고 손을 흔들어 가면서 "키부쿠 아저씨!"라고 열광했다. 그 가죽 모자 대신 지금 쓰고 다니는 펠트 모자를 쓴 뒤로 아이들의 눈에는 그가 키부쿠 맥주 모델과 전혀 닮아 보이지 않는 모양이라고 키좀베 씨가 입을 씰룩거렸다.

"어쨌든 스페어타이어가 새로 필요하겠어요."

키좀베 씨가 다시 말했다.

자동차 바퀴는 적지 않은 돈이 들지만, 키좀베 씨의 충고는 언제나 옳았다.

이곳 하라레라는 도시엔 외국인이 밤에 가거나 혹은 낮이라도 혼자서는 가지 말아야 할 구역이 있는데, 그곳 뒷마당에서 바로 하라레와 그 주변에서 도둑맞은 장물들의 거래가 이루어진다 한다.

"운이 좋으면 자기가 도둑맞은 물건을 거기서 다시 살 수 있다니까요."

키콤베 씨가 설명했다. 그렇지 않으면 최소한 대체할 비슷한 물건이라도 구할 가능성이 있다고 했다. 당장은 다른 해결책이 없어 보였다. 짐바브웨에서 정상적이고 합법적인 방법으로 부품 같은 걸 구입하기란 하늘에서 별 따기나 다름없었다. 외환이 부족한 이 쇠락한 국가에 물품을 조달하며 무역을 하려는 사람이 아무도 없기 때문이다.

적당한 뒷마당 거래처로 가는 길에 자동차 창문 너머로 연신 사람들이 무언가를 물어 왔다.

"멈추면 안 돼요. 최소한 보행속도로 계속 가야 돼요. 백미러를 보면서요!"

이 구역에서는 부품을 더 잃을 위험이 높아 보였다. 마침내 그들은 자동차 전문가인 늙수그레한 남자를 찾아냈다. 거의 애교스런 몸짓으로 그가 '좋은 차로군.' 하고 말하듯 자동차의 냉각기 커버를 톡톡 두드렸다. 그는 30분 이내에 또 다른 창고에서 원하는 스페어타이어와 거기 맞는 볼트를 가져다 줄 수 있다고 했다. 비록 정품은 아니지만 아주 잘 만들어졌고 가격도 싼 중고라고 했다. 가격을 흥정하고 물건을 기다리는 동안 키콤베 씨와 그의 일행은 주차된 차에서 한시도 눈을 떼지 않았다. 그 암거래 상인도 마찬가지였다.

"어이구, 이거 몰딩이 없네요. 여기 보여요?"

그가 자동차를 쓰윽 훑어보더니 손가락으로 가리켰다.

"이것도 이번에 같이 하실래요?"

물론 지금은 비축해 놓고 있지 않지만 필요하다면 주문을 받아 내일 오전 중에 갖다 놓겠다고 했다.

"맞는 몰딩을 어떻게 그렇게 빨리 구할 수 있다는 거요?"

맘보 하우스로 돌아가는 길에 의사가 키콤베 씨에게 이렇게 물었다.

"거기 길거리와 뒷마당에서 어슬렁거리며 돌아다니는 젊은 남자애들 봤죠?"

키콤베 씨가 꾸했다.

"그중엔 대학 나온 놈들도 많아요. 하지만 일거리가 없어 암거래 상인들하고 일하고 있어요. 만일 선생님이 몰딩을 주문했다면 바로 그자들이 시내를 돌아다니며 이 차와 똑같은 차를 찾아 몰딩을 훔쳐 가져다주었을 겁니다."

훔치는 자만이 살아남는 나라.

키콤베 씨가 파리를 쫓으려는 듯 손사래를 쳤다.

"선생이 몰딩을 주문하지 않아서 다행이에요. 경제 기반이 도둑질이라니! 정말 암담한 현실입니다. 이래서는 정말 되는 게 없어요! 한 가지 문제를 해결한 듯 보이면 어느새 더 커다란 새로운 문제가 생기니까요!"

키콤베 씨는 이따금 이 바닥에 과연 끝이 있을까 자문하곤 한다.

23. 신선한 색깔

변혁의 시기에 우크라이나(동유럽의 흑해 북쪽에 있는 공화국. 옛 소비에트 연방 가맹 공화국의 하나였으나 1991년에 소련이 해체되면서 독립국이 되었다.—옮긴이)의 국가 기업들은 큰 혼란에 휩싸여 있었다. 아직 생산은 이뤄지고 있지만 급격히 생산량을 줄여 가는 실정이다. 사람들은 기다리고 있는 것이다. 모든 것들이 차후 어떻게 될지 아무도 모른다. 회사가 누구 손에 넘어갈지, 책임 소재가 어디인지, 또 인사는 어떻게 바뀔지 아무도 모른다.

올리야 아줌마는 생필품을 포장하는 포장지 공장에서 교대근무로 일한다. 그녀는 자기 일을 사랑한다. 완성된 종이 한 장 한 장마다 색색의 글자를 앉히는 일은 기분까지 밝게 하며 흥을 돋운다. 이곳에서 그녀는 옛 소비에트 연방에서는 결코 찾아볼 수 없는, 다양한 채도의 독특한 색감들을 만날 수 있다. 구소련의 생활과 일상은 회색과 흰색과 갈색, 혹은 빨강이 전부였다. 하늘을 닮은 파랑과 겨자색 노랑이나 꽃분홍을 볼 수 없었다.

예쁜 색깔에 즐거워하는 것은 비단 올리야 아줌마뿐만은 아니었다. 이 색상지들은 아직도 정확한 시간에 손잡이 달린 깡통이나 들통에 담겨 배달되지만 그대로 창고 여기저기 세워져 있다. 작업시간이 줄면서 그만큼 생산량도 감소했다.

불안한 시기인 동시에 새로운 것들이 움트기 시작하는 시기이기도 하다. 사람들은 색깔을 기다리고 있다! 좋은 색깔을. 먹을거리를 싸는 종이포장지는 더더욱 독성이 없어야 한다.

사람들은 개봉을 한 염료가 굳지 않도록 작은 용기들에 옮겨 담아 놓고 나머지는 가져간다. 처음에는 통조림 병에 담아 한 개, 두 개로 시작하지만 나중에는 점점 더 많아진다. 하지만 너무 많이 가져가지는 않는다. 그건 비양심적이니까.

"도둑질이야!"

많은 사람들이 이렇게 말한다.

"나머지를 재활용하는 거야."

올리야 아줌마는 말한다. 다른 사람들을 기분 좋게 해 주는 일이기도 하고. 물론 좀 더 수입을 올려 주기도 하고 말이다.

이 색깔들은 꽤 인기가 있다. 월말에 품삯을 받을 수 있을지 그건 미지수이지만, 이 색 염료들 덕분에 어쨌든 올리야 아줌마는 살 수 있으리라.

이웃들은 올리야 아줌마네 집에 줄을 서서 올리야 아줌마가 퇴근하기를 기다린다. 올리야 아줌마는 그 색들을 마을 사람들 전부에게 판다. 그 마을에는 작은 가게 하나밖에 없고, 선택의 여지도 없다. 회색, 흰색, 갈색, 그리고 빨강이 전부이니까. 하지만 누구는 자동차를 하늘색으로 칠하고 싶고, 누구는 울타리를 분홍색으로 칠하고 싶은 걸 어쩌겠는가.

사람들은 알록달록한 자동차나 울타리를 보면 알겠다는 듯 빙그레 웃는다. 이런 색깔은 멀리서도 알아볼 수 있다. 그토록 아름답다.

페디르 할아버지도 키예프(우크라이나의 수도—옮긴이)에서 딸인 올리야 아줌마가 오기를 눈이 빠지게 기다리고 있다.

"물감 좀 많이 가져오려무나."

그리고 덧붙인다.

"특히 내 색깔은 명심해라!"

그렇다! 페디르 할아버지 역시 자기만의 색깔을 따로 주문해 놨다. 무시무시한 초록색을.

페디르 할아버지는 이 초록색을 마을 사람 어느 누구에게도 팔지 말라고 했다. 페디르 할아버지네 지붕을 전부 이 초록색으로 칠할 생각이기 때문이다. 널빤지 하나하나를 모두.

"내 평생 빨강에 질려 버렸어. 그 시대는 영원히 지나갔다. 이제 새로운 시대가 온단 말이야."

페디르 할아버지가 말했다.

"내 지붕이 새 시대를 선포할 거란다."

마을 사람 모두가 페디르 할아버지의 지붕을 좋아한다. 그리고 그들도 그 굉장하고 무시무시한 초록색을 사고 싶어 했다. 그걸로 자동차며 울타리를 칠하고 싶어 했다. 그래서 올리야 아줌마한테 가격을 올려 주겠다고도 했다. 하지만 올리야 아줌마는 페디르 할아버지의 희망사항을 존중했다.

"다음번에는 파랑, 오렌지, 백합 색깔도 가지고 올게요."

올리야 아줌마는 약속했다.

올리야 아줌마가 일하는 공장의 미래는 불확실하다. 그렇지만 균열과 마찰의 시기에 마을 사람들에게 이 색깔들을 통해서 낯설고도 다양하고 약간은 민망한 삶의 기쁨마저 준다.

페디르 할아버지네 초록 지붕은 먼 곳까지 얼마나 생생하게 빛나는지 모른다.

올리야 아줌마는 시내로 돌아올 때면 한참 동안 그 지붕을 쳐다본다. 빼돌린 염료 때문에 양심의 가책을 느끼느냐고? 천만의 말씀이다. 다른 사람들이 벌써 오래전부터 대량으로 빼돌리는 것을 그녀는 조금밖에 하지 않으니까. 도매상이 아닌 소매상으로 말이다.

24. 보드카 혹은 과일 설탕절임

1980년대 말, 미하일 고르바초프 대통령의 페레스트로이카 정책(1986년 이후 소련의 고르바초프 정권이 추진한 개혁 정책—옮긴이)은 소련의 정치 경제 체제의 단순한 외형적인 변혁 이상의 의미를 갖는다. 밤마다 삶의 근심과 불안을 보드카와 와인으로 떨쳐 버릴 필요가 없는 새로운 인간형을 고르바초프는 떠올렸다. 그는 진심을 다해서 알코올 중독을 없애자는 금주 캠페인을 펼쳤지만 결과적으로 국고에 들어오는 세금을 줄어들게 했을 뿐 취지에 맞는 성과는 그다지 보이지 않았다.

"고르바초프가 좋은 사람인 건 내 알아."

페디르 할아버지는 약간 흥분해서 말하곤 하였다.

"그렇지만 그런 각박하고 몹쓸 법이 이 나라에 어울리느냐고!"

보드카는 소련에서 '물'이라 일컬어지며 사랑을 받는 술이다. 그러나 금주 캠페인으로 이제는 보드카를 직접 집에서 증류해서 만들 수 없게 되자 사람들은 망연자실했다. 이제부터 술은 가게에서만 살 수 있었고, 가게는 저녁 일곱 시면 문을 닫았다.

이 무슨 사생활 침해인가! 사람들은 자기가 마실 보드카를 직접 담가 먹었었다. 품질이 최상은 아니었지만, 그 기술과 재능을 저마다 달랐고 그 나름대로 괜찮았다. 그래도 덕분에 밤마다 친한 사람들끼리 둘러앉는 자리나 혹은 누가 집에 들이닥칠 때면 언제나 보드카가 있었다. 그게 한 병이냐 아니면 여러 병이냐 하는 건 그때그때 다르지만! 보드카 한잔이 없는 밤은 영 엉망이 된다. 손님한테 술 한잔 내놓지 않는 사람은 사회적으로 매장당하고, 영영 집 안에만 틀어박혀 외톨이로 지낼 각오를 해야 한다.

급하게 몇 병 사 오면 되지 생각하지만 그건 안 된다. 가게 문은 벌써 한참 전에 닫혔으니 말이다.

암거래가 활개 치는 것도 놀라운 일이 아니다. 처음에는 택시 기사들이 시내 길가에 차를 세우고 차 트렁크를 열어 보드카를 내놓고 행상을 했었다. 그러다가 시간이 조금 지나서는 경찰이 순찰차를 가지고 똑같은 장사를 한다는 말이 나돌았다. 그래도 뭐니 뭐니 해도 몰래 보드카를 증류하는 것이 제일 남는 장사였다.

페디르 할아버지는 이 방면의 전문가였다. 저 멀리 모스크바에 있는 고르바초프의 업적에 대해서 상당한 지지를 보냈지만 제아무리 고르바초프라 해도 페디르 할아버지의 보드카를 빼앗아 갈 순 없었다. 보드카는 성스러운 물건이니까.

페디르 할아버지는 예나 지금이나 집 뒤 헛간에서 보드카를 만든다. 재료를 섞고 발효시키고 증류한 다음 필터로 걸러내어 그걸 용기에 담는 것까지 그는 상세히 알고 있다. 이제 밤마다 마을 사람들은 그의 집으로 살금살금 모여든다.

"페디르, 이 친구야! 나한테 한 병만 줄 수 있겠나? 아니, 그러지 말고 혹시 모르니까 다섯 병이면 더 좋겠구먼."

그에게 중요한 것은 장사가 아니다. 밤마다 남자들과 함께 둘러앉아 키예프에서 새로이 들려오는 소식이 뭐가 있는지, 다른 사람들은 이에 대해 어떤 생각을 가지고 있는지 서로 귀 기울여 가면서 잘 냉장된 보드카 한 잔을 단숨에 들이키는 것은 일종의 권리라고 생각한다. 인간으로서의 권리.

그와 반대로 페디르 할아버지의 아내인 켈리나 할머니는 보드카 만드는 것을 지독히도 싫어한다. 먹을 설탕도 없는데 술에 설탕을 들이붓다니! 특히 여름엔 더하다. 그녀가 가장 좋아하는 딸기 통조림을 만들 때마다 늘 설탕 쟁탈전이 벌어진다. 그녀는 보드카를 마시지 않는다. 신선한 염소젖이나 집 앞마당의 우물에서 나는 시원한 물이 훨씬 더 맛있다. 보드카는 기껏해야 그녀가 정원일이나 힘든 집안 일로 다리가 아플 때 다리에 문질러 바르는 용도로나 쓰인다. 물론 이걸 바라보는 페디르 할아버지의 심기는 편치 않다.

"그 아까운 보드카를, 쯧쯧……."

그가 이맛살을 찌푸리며 참다 참다 한마디 한다.

그러면 켈리나 할머니도 지지 않고 톡 쏘아붙인다.

"약으로 쓰는 것도 아까워서 그래요? 설탕이란 설탕은 모조리 당신의 그 대단한 술에다 들이부었잖아요! 내 과일 설탕 절임은 어떻게 해요? 그 과일들을 다 어쩌느냐고요?"

"바싹 말리면 되잖소."

페디르 할아버지가 대답한다.

"말리라니요, 기가 막혀서 원!"

켈리나 할머니가 씩씩댄다.

"맛있는 과일 잼도 있는데 누가 말라비틀어진 과일을 먹고 싶어 해요?"

아무리 생각해도 페디르 할아버지에게도 설탕은 정말 최대의 골칫거리였다. 이게 다 그 새로운 법 때문이다. 불법 양조를 근절하기 위해서 설탕을 일정량 배급하는 것이다. 일인당 한 달에 1킬로그램씩이다. 딸기, 살구, 사과, 배 등 각종 과일이 나는 여름 한철만 배급량이 아주 조금 더 늘기는 한다.

페디르 할아버지는 머리를 썼다. 다른 곳에 사는 아들딸을 초대했다.

"이 더운 여름에 뭣 하러 도시에 있어? 여기로 내려오너라. 시골이 얼마나 좋으냐. 아픈 네 엄마도 도울 겸."

그러면 착한 자식들이 시골의 늙은 부모를 찾아온다. 손자, 손녀도 잔뜩 데려온다. 페디르 할아버지와 켈리나 할머니는 그들이 무척 대견스럽다.

가족 모두가 도착했다 싶으면 페디르 할아버지는 아이들을 풀어 놓기 시작한다. 몇 루블을 손자들 손에 쥐여 주며 그들의 이름과 할아버지의 이름까지 정확히 댈 것을 단단히 일러둔다. 손자손녀들이 설탕을 사러 마을에 하나뿐인 가게로 몰려간다.

"치트닉에서 왔어요."

아이들이 계산대 너머 가게 여자 점원에게 공손히 말한다.

"대가족이구나!"

여자 점원이 빙그레 웃으며 물건을 용기에 채워 준다.

"역시 자식은 많은 게 좋아."

페디르가 흡족한 듯 고개를 끄덕이더니 달콤한 축복을 자기 아내 몫과 나누며 스스로 인심 좋은 사람이라고 속으로 생각한다. 그래도 손주들 덕분에 얻게 된 설탕의 대부분은 역시 보드카 만드는 데 쓰여야 마땅하다. 비축량은 어느새 바닥을 보이고 보드카 주조를 더 이상 미룰 수도 없으니 말이다.

그렇다고 켈리나 할머니가 과일 설탕절임을 포기할 필요는 없다. 여자들은 반드시 방법을 찾아내는 법이다. 평소 켈리나 할머니는 동네 가게 여점원과 사이가 좋으며, 그 점원에게도 자체 개발한 속임수가 있다. 동네에서 설탕을 원료 삼아 장사하는 사람이 페디르 노인 하나만은 아니기 때문이다.

밤이면 가게 여점원은 창고에 커다란 물통 하나를 세워 놓는다. 천으로 된 설탕 자루 바로 옆에 세워 놓았으니, 아마 밤새 물을 빨아먹은 설탕은 다음 날이면 50킬로그램짜리가 60킬로그램으로 불어날 것이다.

"미련하긴……."

여점원이 혼잣말을 한다.

"필요 이상으로 채워 주었군."

그러면서 재빨리 자기 몫을 뚝 떼어 따로 챙긴다. 누구나 이렇게 자기 정당성을 확보해 놓아야 한다.

나중에 여자 점원은 페디르를 찾아가 이렇게 말한다.

"페디르 씨, 혹시 나한테도 보드카 한 병 줄 수 있어요? 혹시 모르니 아예 다섯 병이면 더 좋겠는데……."

그리고 얼른 켈리나 할머니가 있는 부엌문을 똑똑 두드리며 말한다.

"할머니, 내가 뭘 가져왔는지 봐요. 설탕이에요! 특별히 싼 값에 주려고 가져온 좋은 설탕이라고요!"

이렇게 마을 사람 모두는 자기 목적을 달성한다. 이런저런 각자의 방법으로 말이다.

25. 모스크바를 위한 케이크

빵집을 하는 이고르 아저씨가 설탕이나 당류가 양에 따라 얼마나 단맛을 내는가에 특별히 관심을 갖는 것은 아마도 아저씨의 직업 때문인 것 같다. 초콜릿에 관해서는 더더욱 그렇다. 하지만 동서가 완전히 대립되었던 냉전의 시대에는 아저씨의 호기심을 도무지 충족시킬 수가 없었다. 온갖 미사여구로 미각과 호기심을 자극하는 서양의 초콜릿 제품들이 키예프까지는 절대 들어올 수 없는 현실에 늘 안타까워했던 아저씨는 스니커즈라는 초콜릿 바라도 한번 먹어 봤으면 했었다. 이고르 아저씨는 그것이 땅콩과 캐러멜에 초콜릿을 범벅한 것임을 알았다. 상상만 해도 입안에 침이 고이는 그 맛을 언제나 맛볼 수 있을지 아저씨는 그날을 손꼽아 기다렸었다.

그런데 소비에트 연방이 붕괴되었다. 모든 게 전과는 완전히 달라졌다. 하루하루가 불안감으로 점철됐고 도시나 시골 할 것 없이 사람들은 집을 잃고 거리로 쫓겨난 어린아이 같은 심정이었다. 옛날엔 그래도 모두 각자의 자리가 있지 않았던가. 아무리 보잘것없었어도 사람들은 적어도 자기가 어디에 소속돼 있는지는 알고 있었다. 그런데 이제는 아무것도 믿고 의지하지 못한 채 각자가 알아서 살아야 했다.

이고르 아저씨는 우크라이나 키예프의 국영 빵집에서 일하면서 나름대로 행복하다. 빵집은 이제 사유화되었지만 이고르 아저씨는 자기 직업을 잃지 않았다. 아저씨는 계속해서 키예프의 명물인 키예프식 케이크를 구울 수 있다. 초콜릿을 입힌 다음, 설탕 꽃으로 알록달록하게 장식한 케이크 속은 땅콩, 버터크림 등으로 채워져 정말이지 너무도 달콤하다! 게다가 그 모양이 얼마나 예쁘고 맛있어 보이는지, 둥그런 상자에 담긴 이 케이크는 꽤 유명세도 타면서 사람들의 사랑을 받고 있다. 새로운 경계선이 닿는 곳까지 말이다.

새 경계선. 어떤 사람들은 이전 소련에 속했던 두 나라 사이가 새 경계선이라고 하고, 또 다른 사람들은 서방 세계와 접할 수 있게 해 주는 곳이라고도 하다. 이고르가 어떤 친구로부터 들은 이야기처럼, 모스크바에서는 최근 온갖 종류의 서방의 물건들을 살 수 있다 한다. 미국에서 들어온 달콤한 풍선껌, 진짜 코카콜라, 또 스니커즈까지도! 이고르 아저씨는 귀를 쫑긋 세웠다. 평생 말로만 들으며 상상만 해야 했던 바로 그 스니커즈가 대체 어떤 맛인지 드디어 먹어 볼 수 있게 되다니!

이고르는 당장 계획을 짰다. 마침 시간 내기도 좋았고, 지금이 적기였다. 모스크바에서는 겨울이 되면 생필품 등이 귀해진다고 들었다. "내 참, 러시아 사람들이란!" 하며 이고르 나라 사람들, 즉 러시아 인들 스스로가 곧잘 자조하곤 하였다. 러시아 사람들은 언제나 남들에게 필요한 것이 무엇일까 생각하며 그것들을 챙기지만 정작 자기들한테 필요한 것들을 만들어 내지 못한다고 생각한다. 소비에트 연방 시대 내내 연방을 위해서 봉사하고 일했지만 지금 그들이 얻은 것은 게으름에 대한 대가인 허기와 실업뿐이었다.

저녁이 되자 이고르는 케이크들을 샀다. 빵집에서 일하는 직원들은 싼 값에 살 수 있다. 이 케이크에다 열매와 꽃잎으로 장식해서 둥글고 멋스러운 종이상자에 포장했다. 이고르는 최대한 나를 수 있는 양껏 케이크 상자를 들고서 모스크바행 밤기차를 탔다. 2등석 침대칸의 아래층을 골랐는데, 침대 밑에 서랍이 달려 있어 아주 제격이었다. 이고르 아저씨는 그 안에 케이크를 조심스럽게 채워 넣었다. 이제 잠이 들어도 케이크는 무사할 것이다.

기차가 느린 속도로 차가운 밤을 뚫고 달렸다. 8백 킬로미터를 약 15시간쯤 달리는 동안 이고르는 자기가 꿈꾸던 서양의 초콜릿만 생각했다. 바로 그 스니커즈 꿈을 꾸었다.

이튿날 모스크바에 도착하자마자 이고르 아저씨는 시장으로 갔다. 날씨가 몹시 추웠지만 케이크의 모양이나 맛을 유지

하기엔 그게 좋았다. 발이 시리고 코가 떨어져 나갈 것 같았지만 괜찮았다. 어차피 시장에 오랫동안 서 있을 필요는 없었다. 그의 케이크는 갓 구운 따뜻한 찐빵처럼 팔려 나갔다. 특히 여자들이 키예프에서 온 이고르의 케이크를 좋아했다. 이제 케이크가 다 팔리고 없었다. 이고르는 만족스럽게 돈을 챙겨서는 모스크바에 온 목적을 완수하기 위해서 길을 떠났다.

그리고 마침내 그가 찾던 것을 발견했다. 깡통 콜라 하나를 사고, 달달한 풍선껌, 그리고 무엇보다 스니커즈를 손에 넣었다. 케이크 판 돈을 다 주고서 산 스니커즈가 여행 가방을 가득 채웠다.

키예프로 돌아간 이고르 아저씨는 그걸로 다시 한 번 진짜 남는 장사를 했다. 친척과 친구들은 너나없이 이고르에게 달려와 스니커즈를 달라고 아우성이었다. 심지어는 올리야 아줌마까지도.

"도대체 그게 뭔지 나도 한번 맛봐야겠어."

올리야 아줌마가 말했다.

"평생 말로만 듣던 스니커즈를 이제야 사서 먹을 수 있다니 이거야말로 체면의 문제라고. 자기를 소중히 여기는 사람이라면 스니커즈를 사 먹어야 당연하지!"

그해 겨울, 이고르 아저씨는 키예프에 스니커즈를 보급하고자 몇 번인가를 더 모스크바로 야간 케이크 여행을 감행했다.

이제 이고르 아저씨 자신에게는 이 초콜릿 바가 별 의미

없어진 지 오래이다. 첫 번째 여행을 하면서 전문가로서 테스트를 하고 그 호기심을 충족시킨 다음에는 스니커즈를 먹는 일은 거의 없었다. 사람들이 이 문제를 언급하면 아저씨는 그저 어깨를 으쓱하며 무심하게 말한다.

"난 키예프 케이크가 더 맛있으니까요!"

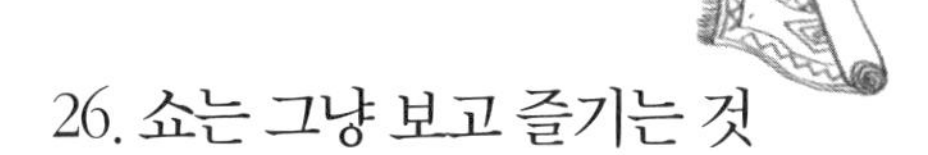

26. 쇼는 그냥 보고 즐기는 것

안나는 터키에서 산 양탄자를 둘둘 말아 다락방에 처박아 둔 채 7년 동안 그것을 잊고 있었다. 그러다 어느 날 불현듯 그 양탄자 생각이 나서 화들짝 놀랐다.

"아 참, 그게 있었지."

그녀는 다시 한 번 그 문제를 근본적으로 짚어 보기로 결심했다. 7년 동안 까맣게 잊고 있었고, 패배감이 아문 지도 오래됐으니 못 할 것도 없었다.

안나가 그 가게로 들어서자 맑은 풍경 소리가 대기 속에서 크게 진동했고 문을 닫자마자 거리의 소음이며 분주함이 한꺼번에 잠잠히 잦아들었다. 아마 양탄자들 때문이었던 것 같다. 양탄자가 바닥부터 천정까지 산처럼 쌓여 있었는데, 어떤 것들은 둘둘 말려 있고, 일부는 벽에 걸려 있었다.

색상과 패턴과 가장자리의 술 장식이 유럽 한가운데에서

동양의 이국적인 냄새를 물씬 풍겼다.

"뭘 찾으십니까?"

가게 주인으로 보이는 남자의 목소리가 안나의 고민을 확 날려 버렸다.

"아, 예. 안녕하세요. 여기 양탄자 하나를 가져왔는데요, 남편하고 저하고, 그러니까 우리가 7년 전에 터키를 여행하면서 산 거예요. 아무리 생각해도 바가지를 쓴 것 같은데……."

양탄자 더미를 돌아서 가까이 온 남자가 입이 귀에까지 걸리도록 싱글거렸다.

"그래요? 그렇다면 제대로 찾아오신 겁니다. 그런 얘기는 수십 번 넘게 들었지요. 외국 여행하면서 쇼핑센터 한두 번 안 들러 보는 사람이 어디 있답니까? 거기까지는 좋은데 마치 뭐에 홀린 듯 양탄자 하나에 수천 유로씩 주고 사지요! 그리고 나중에서야 그걸 내게 가져옵니다. 안됐지만 그때마다 전 허접쓰레기를 샀다는 걸 가르쳐 줘야 해요."

"그래도……."

안나가 기어 들어가는 소리로 대꾸했다.

"어쩌다 좋은 물건이 있을 수도 있지 않겠어요?"

"하하! 모두들 그랬으면 하지요. 손님하고 똑같이요."

가게 주인이 히죽히죽 웃었다.

"하필이면 손님 양탄자만 예외여서 아주 가치 있을 거라는 기대는 버리시는 게 좋아요! 손님이 가져온 양탄자는 안

봐도 다 알아요. 틀림없이 잡동사니예요. 이 장사를 25년 동안 하면서 예외는 딱 한 번, 외국에서 직접 사 온 양탄자 두 개를 들고 왔던 신사분만 유일한 예외였지요. 사연도 가지가지 일일이 말로 다 못 해요. 사람들이 어떻게 그리 비양심적인지! 양탄자 생산하는 나라들에서 손님 같은 사람들이 값나가는 물건을 사는 것 아예 불가능하다고 보시면 돼요. 좋은 물건은 항상 전문가가 먼저 찜해 가지요. 여행객들이 모처럼 요행을 찾아나서는 쇼핑가에는 떨이밖에 없지요."

"사기를 당한 적이 한 번도 없단 말씀이세요?"

그러자 가게 주인이 두 눈을 가늘게 떴다.

"한 번 그럴 뻔한 적이 있어요! 저는 몇 년 전부터 동양에 가서 생산자에게 직접 물건을 삽니다. 그러면서 관계를 돈독히 해 놓으면 말이죠, 장난을 치지 않아요."

"그럼 양탄자가 좋은지 안 좋은지는 어떻게 알 수 있나요?"

안나가 물었다.

"많은 경험이 필요하지요. 매듭의 수가 얼마나 되는지, 사용된 소재가 무엇인지 볼 줄 아는 안목도 중요해요. 가장자리 처리하고 끝매듭 처리도 물론이고요. 그래도 사실 속임수를 쓰는 방법이 하도 다양한지라 구매자로서는 일일이 알아 두지 않으면 안 돼요. 적잖은 장사치들이 면 양탄자를 식초 물에 담가 순식간에 실크처럼 자르르 윤기가 흐르도록 만들어요. 아니면 심지어 새 양탄자를 마구 굴려서 골동품처럼 만들어서는 고가에 팔기도 하고요. 매듭 하나가 마치 두 개처럼 보이게 하는 매듭법도 있으니 훈련되지 않은 눈으로 보면 매듭이 두 배로 촘촘해 보일 수밖에 없어요. 그럼 값을 두 배로 지불하게 돼 있는 거고요."

참다못한 안나는 사뭇 도전적으로 둘둘 만 양탄자를 테이블 위에 턱 올려놨다.

"그래도 한번 봐 주세요."

남자가 온순한 미소를 지었다.

"내 말을 잘 못 믿으시는가 보군요. 굳이 그렇게 알고 싶으시다면, 좋습니다. 뭐, 최소한 손 매듭이네요. 누군가 작업을 했으니 그건 인정해 줘야겠죠. 하지만 실크는 분명 아닙니다."

남자는 실밥 몇 가닥을 뽑더니 불로 가져갔다.

"아, 여기 불붙는 거 보이시지요?"

그가 업신여기듯 말했다.

"면이에요. 그냥 면이라고요. 얼마 주고 사셨소? 1천 유로? 노동력을 감안해 본다면 뭐, 대략 1백 유로, 크게 쓴다고 해도 한 2백 유로 정도면 되겠군요. 나라면 이 양탄자에 한 푼도 지불하지 않겠소만. 손님이 이걸 내게 넘기고 싶으시다면 쓰레기 처리 비용으로 내게 돈을 지불하셔야 합니다!"

이제 안나도 빙그레 웃었다. 물론 양탄자를 다시 가져갈 수 있게끔 둘둘 말아 가면서. 반신반의했던 문제를 해결한 것만으로도 일단은 소득이라고 생각했다.

"잘 생각하셨어요!"

양탄자 가게 주인이 칭찬했다.

"나도 우리 식구들하고 해외여행을 가면 쇼핑가를 둘러봐요. 양탄자 상인들은 나를 무척이나 반기지요. 그렇지만 나는 언제나 내 고객들에게 충고한답니다. 외국에서 얘기치 않게 양탄자 가게에 가거든 혹시 혼을 쏙 빼놓을 쇼가 벌어지더라도 그냥 그것을 보고 즐길 뿐 절대 양탄자는 사지 말라고!"

"충고 고마워요."

안나가 말했다.

"천만에요."

가게 주인이 자상한 어조로 말했다.

"그런데 말이에요, 보시다시피 우리 가게에서도 동양 양탄자를 팝니다. 여기 있는 것들은 대단히 품질 좋은 양탄자들인 데다 지금 할인판매하고 있는 것도 많은데, 한번 보시겠다면……."

당연지사였다. 그도 역시 양탄자 장사꾼이었다.

"다음에요!"

안나는 판에 박힌 인사말과 함께 밖으로 나왔다.

집에 돌아온 안나는 양탄자를 몇 년간 더 묵혀 두기로 하고 지하실에 넣었다.

그리고 어느 아름다운 여름날이었다. 그 터키 인이 전화를 걸어 왔다. 양탄자 장수 알리바바였다.

"아직 절 기억하세요? 당신 터키 친굽니다!"

에페수스에 있는 그의 가게에서 양탄자를 하나 산 적이 있는데, 알리바바는 좋은 고객을 결코 잊지 않는다. 고객은 친구나 먼 친척보다 낫단다. 형제자매처럼 말이다. 그는 안나에게 양탄자 하나를 선물하고 싶어 했다. 그렇다. 선물, 그녀는 똑똑히 선물이라고 들었다. 거기에 토를 달지도 않았다. 알리바바는 여기 사람들을 기쁘게 해 주려고 여러 장의 멋진 양탄자들을 가지고 유럽에 왔노라고 했다. 터키에서는 장사가 별로 신통치 않았다. 기대했던 것보다 양탄자가 훨씬 적게 팔렸는데, 세계 경제가 그러니 어쩌겠는가. 어쨌든 그는 이제 곧 터키로 돌아가야 하는데, 오면서 관세를 지불한 양탄자를 다시 터키로 가지고 돌아가고 싶지 않다고 했다. 고급스럽고 아름다운 양탄자를 반드시 여기 놓고 가야 했다.

"그래서 이 중 한 장을 당신한테 선물했으면 좋겠어요. 그냥 '예.' 라고 대답만 하면 돼요. 그럼 내가 당신한테 새 양탄자를 가지고 갈게요. 아주 간단하죠. 전혀 문제될 게 없어요. 그냥 내 훌륭한 양탄자들 중에서 맘에 드는 것 한 장을 골라 유래 없는 특가로 하나를 사면 돼요. 그러면 또 하나를 선물로 드리겠소. 오늘은 참 운이 좋은 날 같지 않아요?"

안나는 거절했다. 쇼는 그냥 보고 즐기는 것일 뿐, 아무것도 사지 말라는 말을 되뇌면서.

"너무 속상하지만……."

안나가 대답했다.

"우린 이제 양탄자를 사지 않기로 했어요. 우리가 산 양탄자 한 장으로도 앞으로 남은 인생 동안 충분할 거예요. 선물이라 해도 사양하겠어요. 그래요, 우린 양탄자를 원하지 않아요. 선물도 싫어요."

27. 유럽인들은 천사를 사랑해

아메드는 재수가 없었다. 유럽에서 일하는 외국인 노동자인 그가 지붕에서 넘어져 떨어지고 만 것이다! 부주의했나? 그럴지도 모른다. 아니면 너무 서둘렀는지도 모른다.

"자넨 일이 너무 느려."

감독관이 수시로 투덜대면서 아메드에게서 눈을 떼지 않았다. 그러면서도 정작 추락하는 장면은 보지 못했다.

나중에 사람들은 그가 알아서 안전을 챙겨야 옳았다고 말했다. 지붕이 미끄럽고, 기왓장은 낡고 약해진 데다 이끼로 덮여 있었다. 사람들은 언제나 뒤늦게 현명해진다.

그래도 아메드는 운이 좋았다. 어깨만 다쳤으니 말이다. 더 크게 다쳤을 수도, 훨씬 더 심각해질 수도 있었다.

그런데 바로 이 어깨가 문제였다. 한동안 병가를 냈고, 별 문제가 없었다. 누구나 다 사정을 이해했다. 사장까지도. 하지만 4개월은 좀……. 그건 불가능했다.

"왜 맨날 그 타령이야? 왜 그렇게 통 얼굴도 내밀지 않는 거지?"

그 이유는 아메드 자신도 모르겠다. 아프다. 상처는 오래전에 다 나았는데도 도무지 통증이 멎지를 않는다.

그런데도 아프다. 손으로 만지기만 해도, 어떤 특정한 자세만 취해도 말할 수 없는 통증이 느껴진다. 살이 떨어져 나가는 것같이 아프다.

아메드의 주치의가 중재에 나섰다. 사장은 어깨만 으쓱했다. 할 일이 산더미이고 시간은 없다. 그에게 필요한 것은 일꾼이지 폐인이 아니다. 게다가 이 나라에도 일할 사람은 충분하지만 아메드가 외국인 노동자여도 건강하고 일할 의지가 있어서 고용했노라고 했다. 어느 정도는 기다려 보겠지만 마냥 기다려 줄 수는 없다고 했다.

아메드는 불안했다. 무엇보다 자기 스스로에게.

그의 아내는 미용실을 열었다. 그녀는 목 좋은 곳을 찾았다. 자기 미용실을 갖는 것을 오랫동안 꿈꾸어 왔었다. 주인이 되는 것은 좋았다. 계속 다른 사람의 명령을 듣는 것보다 훨씬 좋았다.

"우리는 불평을 해서는 안 돼요. 우리 스스로가 뭔가를 해야죠."

그녀가 말하곤 했다.

아메드도 같은 생각이었다. 그는 몰락하고 싶지 않았다.

그러나 무엇을 어찌해야 한단 말인가?

의사는 뭔가 몸이 편한 일을 해 보라고 권했다. 아메드의 회사는 그런 일은 그에게 맡길 수도 없고, 맡기고 싶지도 않았다. 좀 더 편한 일을 할 수 있는 조건을 갖추지 못했기 때문이다. 아메드는 교육을 전혀 받지 못했다.

몇 주 전부터 아메드는 이제 백주대낮에 거리를 어슬렁거리고 있다. 실업자가 되었다. 약간의 퇴직금이 있을지 모르나, 퇴직금을 받으려면 시간이 오래 걸릴 것이다. 받을 수 있을지조차도 불확실하다. 의사는 그다지 큰 희망을 갖지 말라고 말했다.

편한 일. 아메드에게 필요한 것이다. 하지만 아메드는 배운 게 없다. 진열장에 비친 자기 모습을 멍하니 들여다본다. 늙고 초췌하다. 그리고 낯설다.

진열장 유리 너머 진열품들이 크리스마스가 머지않았음을 알리고 있었다. 미소 짓는 천사와 칠면조, 솜으로 만든 눈송이, 양초와 별들……. 아메드는 천사들 사이에 있는 늙은 외국인인 자신을 쳐다보았다.

'크리스마스로군. 유럽인들은 천사를 너무도 사랑하지.'

아메드가 생각했다.

바로 그때, 그에게 좋은 생각이 떠올랐다. 찰나의 순간에 뇌리를 스친 생각.

그래, 그래도 뭔가 할 일이 있다. 아메드가 할 일이.

요양원을 거쳐서 그는 재활 클리닉으로 가게 되었다. 거기서 그는 이상한 것들을 해야만 했다. 아메드는 열심히 했다. 다 큰 성인 남자가 어린아이들처럼 뭔가를 손으로 꼼지락거리며 만들어야 했다. 바구니를 엮거나 양초 스탠드에 색칠을 했다. 집에서 그는 아무 소리도 하지 않았다. 그 일이 너무도 부끄럽게 느껴졌다.

그런데 갑자기 그의 눈이 번쩍 뜨이는 게 아닌가. 마치 눈에서 비늘이 떨어져 나가는 기분이었다. 그는 석고를 부어서 입상을 만들 수 있다. 그것도 배웠다. 이 재주를 이용할 생각을 왜 미처 하지 못한 걸까?

아메드는 주저 없이 필요한 것들을 준비했다. 그럴싸한 입상의 형체를 떴다. 아내와 아이들이 신기해했다. 자, 이제 아메드는 본격적으로 일을 시작했다. 집 안 부엌이 그의 작업장이었다. 석고 천사들을 틀에 부어 계속해서 만들었다. 얼마쯤 지나자 천사들이 무리를 이루었다. 앉아 있는 천사, 서 있는 천사, 어딘가에 걸어 둘 만한 천사, 이 석고 천사들이 다 마른 다음에 금색과 은색을 섞어서 색칠을 했다.

선반, 개수대, 식탁, 의자, 가스레인지 위까지, 집 안이 발 디딜 틈 없이 날개 달린 천사들로 꽉 찼다.

"우리를 천사들 틈에서 질식시킬 작정이에요?"

아내가 물었다.

"기다려 봐."

아메드가 미소 지었다.

"조용히 기다려 보라고."

그리고 늘 그렇듯 도심 한가운데에 크리스마스 장이 섰다. 아메드도 자리를 임대했다. 천사들 틈에 늙은 외국인이라. 사람들은 천사에 열광했다. 그가 생각한 대로였다. 유럽인들은 너무도 천사를 사랑한다. 초를 들고 있는 천사는 특히 더 사랑한다. 날이 어둑어둑해지자 아메드는 천사가 들고 있는 초에 불을 붙였다. 어둠 속에서 그의 자리가 저 멀리까지 은은히 빛을 발했다. 그리고 천사들은 모두 다 그의 판매대를 떠났다.

오랜만에 아메드의 얼굴에 함박웃음이 피었다.

살다 보면 넘어지고, 추락할 때도 있다. 하지만 반드시 다시 일어설 수 있다.

요즘 아메드는 올리브 오일 장사를 한다. 아주 크게.

28. 우산 민주주의

3월의 어느 춥고 축축한 날이었다. 바람이 빗방울을 때렸고 활주로와 비행기 창유리에 간간이 눈발까지 흩뿌렸다. 이보는 털모자와 울 스웨터를 껴입었는데도 오한이 났다. 유럽 날씨가 이렇게 지독할 줄을 상상도 못 했었다.

작은 항공사의 비행기가 서는 곳에는 이렇다 할 변변한 지붕도 없었다. 비행기가 떠날 때부터 이보는 머리가 지끈거렸었다. 그런데 어이없게도 비행기 앞쪽 출구에 서 있던 유니폼 입은 여자가 그에게 파란 우산 하나를 내밀었다.

"노 머니!"

이보가 우산을 뿌리치며 말했다.

여자는 연신 상냥한 미소를 지으며, 손을 들어 처음에는 뿌연 하늘을 가리키더니 공항 건물 쪽을 가리켰다. 그러고는 그녀 역시 똑같이 "노 머니!"라고 말하더니 그 우산을 힘껏 이보의 팔에 쥐어 주었다.

이보는 어리둥절하여 함께 비행기를 타고 온 사람들을 둘러보았다. 그리고 모두가 우산 하나씩을 받아 들고 너무나 자연스럽게 우산을 펴더니 지붕이 있는 곳까지 서둘러 계단을 타고 내려가는 것을 보았다. 이보는 그저 그들과 똑같이 파란 우산 행렬만 따라가면 그만이었다.

비를 피한 다음 이보가 보니 다른 사람들은 그 우산을 접어 회전문을 지나자마자 놓여 있는 플라스틱 통에다 아무렇게나 던져 넣고는 서둘러 걸음을 재촉하여 세관과 여권심사와 출구 쪽으로 나갔다. 그래서 이보도 따라서 우산을 넣고는, 한 1분가량 넋을 잃고 그 젖은 파란 우산들을 쳐다보았다. 이보의 얼굴에 환한 미소가 번졌다. 이 중요한 순간 이보는 그의 새로운 고향이 될 유럽의 이 나라를 영원히 가슴에 담기로 결심했다.

처음에는 무언가 은근한 예감에 불과했던 것이 그 후 몇 주, 몇 달이 지나면서 그의 맘속에서 점점 확신으로 자랐다. 바로 우산에 대해서 말이다. 알고 보니 그건 단지 공항에서만 그런 게 아니었다. 원래 그게 원칙이었던 거다. 자기 국민들의 아주 사소한 불편까지 챙겨 주는 참으로 독특한 나라에서 벌어지고 용인되는 기본적인 행동양식이랄까.

이보가 가는 곳마다, 그곳이 가게든 여관이든, 모든 관공서에는 출입구 바로 옆에 반드시 세워져 있는 게 있었는데 거기엔 꼭 독일어로 '우산꽂이' 라고 적혀 있는 것이다. 그는 때

때로 그 다정스럽기 그지없는 단어를 혼자서 되까려 보고는 했다.

'우산꽂이, 우산꽂이…….'

이 우산꽂이에는 언제나 우산이 준비돼 있었다. 변덕스러운 날씨로부터 국민을 보호하려는 것일 거다.

이보는 감동했다. 이 나라에 온 뒤로 햇볕이 쨍쨍할 때 집을 나왔다가 느닷없이 비가 온 적이 얼마나 많았던가. 하지만 걱정 없다. 다음 가게 입구 옆에는 우산이 그를 기다리고 있으니 말이다. 거기까지만 가서, 커피 한잔을 마시고 나오면서 우산 하나를 집어 쓰면 되니까. 그리고 나중에 어디 아무 곳에나 꽂아 두면 된다. 어디나 우산은 충분히 넘쳐났다.

이보는 자기가 어떤 짓을 하고 있는지는 꿈에도 알지 못했다. 물론 여기에 확신을 갖기까지도 몇 주가 걸렸으니 말이다. 그러나 이보에게는 어렸을 때부터 다른 사람들은 언제 무엇을 어떻게 하는지 자세히 관찰하는 습성이 있었다. 그래서 이 나라에 도착한 이후에도 이 나라 사람들이 하는 걸 눈여겨봐 왔다. 결국 우산에 관한 명제에 대해 확실한 결론에 이른 것이다. 우산은 공짜이며, 모두를 위해서 있는 것이라고.

딱 한 가지, 아무도 이것을 공개적으로 말하는 사람이 없는 것은 이상했다. 간혹 만나는 고국의 사람들은 이토록 훌륭하고 인도적인 제도에 대해 거의 모르는 것 같았다. 이런 좋은 것을 막 도착한 낯선 사람에게는 알려 주지 않는 걸까? 유럽인들은 참으로 고상하고 겸손하지 않은가. 잘난 척 드러내기는커녕 그걸 숨기다니! 이보는 우산에 얽힌 원칙을 누구의 도움 없이 순전히 자신의 직관으로 알아낸 자신이 생각할수록 자랑스러웠다.

나중에 그를 따라 독일에 온 그의 아내가 남편이 이따금씩 비가 올 때마다 계속해서 우산을 바꿔 들고 들어오는 것을 이상하게 생각하고 묻자 이보는 매우 자상하게 가르쳐 주었다.

"당신도 이제 배워 둘 게 있어! 여기 사람들은 자기 하나만을 생각하지 않는다오! 모든 국민이 한 가족이나 다름없지. 이 우산들이 바로 그 증거야."

그것이야말로 가장 순수한 형식에 담긴 민주주의이자 사회주의적 사고방식이라 덧붙였다.

그런데 이보는 아직까지 단 한 번도 우산을 자기 것으로 갖지 않았다. 그런 행위는 이 좋은 제도에 대한 배신처럼 느껴졌다. 그래서 그는 항상 우산을 다른 어딘가에 꼭 남겨 둔다. 예기치 못한 빗속에 서 있을 누군가를 위해서.

따지고 보면 아주 단순한 일이다.

29. 모두를 위한 카페

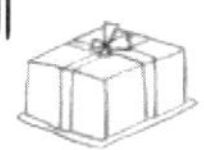

스피커에서 나오는 목소리가 연착을 알렸다. 11월의 역사 안은 춥고 스산했다. 만프레드가 탈 기차는 10분 후에 출발한다.

좁은 길을 건너 커피 한잔 먹고 올 시간은 되었다. 만프레드는 스탠드 카페에 줄을 섰다. 기다리는 줄에 서서 주위를 슬쩍 둘러보니 트렁크나 서류가방을 든 사람이 어디론가 분주하게 사방을 오가고 있었다. 머리 위로 출발 시간표가 걸려 있고, 출구에서 전자 광고판의 현란한 색깔들이 빠르게 바뀌면서 반짝거렸다. 만프레드는 돌아서서 앞줄에 서 있는 남자의 어깨 너머를 쳐다보았다. 앞에 세 명이 더 있었고, 순서가 금방 왔다. 서빙을 하는, 생김새가 아시아 사람으로 보이는 갈색 피부의 남자는 척 봐도 전문가였다. 계산대와 커피머신 사이의 좁은 공간에서 그의 움직임은 민첩하고 간결하고 자로 잰듯 균형감 있고 안정적이었다. 만프레드는 놀라움을 금치 못하면서, 그가 잽싸게 레버를 돌리고 단추를 누른 다음 세워진 컵에 주르르 커피를 채우는 모습을 관찰했다.

"크림과 설탕을 넣어 드릴까요? 빵도 함께요? 30유로입니다, 손님."

기다리는 것도 그렇게 어렵지 않았다. 만프레드 앞에는 딱 한 사람뿐이었고, 다음엔 그의 차례였으며, 필요한 잔돈까지 손에 쥐고 있었으니까. 그런데 바로 그때, 물길이 막혔다. 만프레드의 앞에 서 있던 남자가 가방을 뒤지기 시작하더니 다음에는 코트, 왼쪽 주머니, 오른쪽 주머니를 샅샅이 뒤진 다음 바지 주머니에 손을 넣더니 두 손을 번쩍 들며 말했다.

"미안한데, 돈을 안 가져왔네요."

만프레드는 즉흥적인 사람이 아니다. 직장에서 그는 오히려 신중하고 소심한 편이다. 그러니 그를 도와주고 말고의 문제가 아니었는지도 모른다. 그보다는 어쩌면 너무도 유연하고 아름답게 보였던 물 흐르는 듯한 주변의 움직임을 그냥 계속 진행시키고 싶어서였는지도 모르겠다. 몇 푼이면 되는 일이었으니까. 만프레드는 이런저런 궁리를 해 보기도 전에 자기가 말하는 소리를 들었다.

"내가 대신 내드려도 될까요?"

만프레드가 말하면서 돈을 내놨다.

앞에 서 있던 남자가 깜짝 놀라 그를 돌아보더니 곧 환하게 웃기 시작하면서 과장되게 감사 인사를 했다.

"아, 정말 괜찮은데……! 세상에 아직도 이런 분이 있다니! 고맙소, 신사 양반. 정말로, 정말 고맙소."

만프레가 멋쩍게 손짓을 했다.

"아닙니다. 됐어요. 별것 아닌걸요, 뭐."

그러나 그 남자가 한 손에 종이컵을 들고 다른 손을 흔들어 가며 군중 속으로 사라질 때 만프레드는 기분이 좋아졌다. 뭐, 이웃에 대한 작은 배려랄까. 역사는 덜 스산했다. 밀려드는 사람들 얼굴에도 표정이 있었다. 경쾌하게 돌아서서 이번에는 자기가 마실 커피를 주문했다.

그 아시아 인, 가까이 보니 인도 사람 같아 보이는 점원이 만프레드가 원하는 대로 설탕과 크림을 척척 넣은 다음 커피를 내밀었다. 만프레드가 돈을 건네자 그가 두 손을 숨기듯 허리춤으로 가져가더니 활짝 웃으며 말했다.

"다시 그 돈을 넣어 두세요, 손님. 방금 전 손님께서 보여 주신 친절에 정말 감사해요. 근 몇 년 동안은 한 번도 보지 못한 일입니다."

그가 말했다.

"오늘 장사는 그만하고 들어가렵니다!"

만프레드는 멈칫했다. 그러나 곧 웃고 말았다. 커피를 고맙게 받아 들고 다시 서둘러 기차로 돌아갔다. 도대체 오늘 세상에 무슨 일이 벌어진 것일까? 만프레드는 혼자서 휘파람을 불고 있었다.

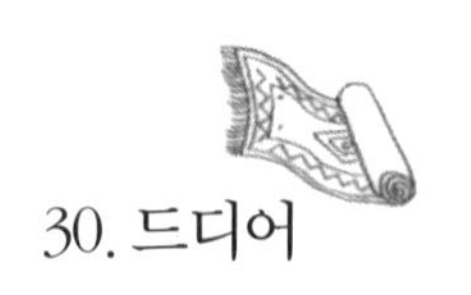

30. 드디어

그 후로 꽤 오랜 세월이 흐른 어느 날, 안나는 아침을 먹으며 신문을 펼쳤다. 차를 마시면서 신문을 읽어 내려가던 도중 부고 하나가 눈에 들어왔다. 앙겔라 마기. 안나는 다시 한 번 읽었다. 분명히 앙겔라 마기라고 적혀 있었다. 그 유명한 마기였다. 마기 식품 회사 창업주의 상속녀가 정말로 앙겔라 마기였고, 지난주 사망하여 자택 근처에 안장됐다는 기사였다. 안나는 신문지를 식탁 맞은편에 앉은 남편 오이겐에게 건넸다. 오이겐이 잠시 생각하더니 폭소를 터뜨렸다.

"그런 사람은 세상에 없을 거라고 생각했어. 괜히 우리한테 사기를 치려고 꾸며 댄 소리라고 생각했거든. 우리 캠핑카를 보면 우리가 어디서 왔는지 알았을 테니까 말이야."

터키의 에페수스에 있던 그 양탄자 장수는 정말로 앙겔라 마기를 알았던 것이다. 당시 그 몹쓸 양탄자를 팔면서 그가 지껄였던 허무맹랑한 소리들이 그러니까 전부 헛소리는 아니었던 것이다. 앙겔라 마기의 이야기는 사실이었다. 그가 친구라고 주장하던 앙겔라 마기는 실제로 존재하는 인물이었다.

"그러니까 모든 스위스 사람들은 내 친구가 되는 거죠. 나는 내 친구 앙겔라와 약속했어요. 내가 도울 수 있는 한 스위스 사람들을 돕겠노라고!"

그 장면을 떠올리는 안나의 얼굴에 엷은 미소가 번졌다. 그녀는 신문을 접었다.

지금까지의 어리석은 구매 중 정점이었던 이 양탄자는 벌써 오래전에 그 값을 톡톡히 했다고 안나는 생각했다. 뚜렷한 정황도 드러났다. 앙겔라 마기는 죽었다. 하지만 이제야 앙겔라 마기는 안나에게 의미 있는 사람이 되었다!

옮긴이의 말

독일어에 '한델(Handel)' 이라는 단어가 있다. 이 단어는 '행동, 처신' 이라는 뜻 외에 '~가 중요하다' 라는 뜻으로도 쓰이며, '거래, 흥정, 협상' 이라는 뜻도 있다. 거래, 흥정 등이 우리의 일반적인 행동이나 처신과 같은 단어로 쓰이고, 게다가 중요하기까지 하단다.

그렇다면 이 협상과 거래의 수단인 돈 이야기를 빼놓을 수 없다. '돈' 하면 여러분은 무엇을 떠올리고 어떤 느낌을 갖게 되는가? '돈' 이라는 말을 노골적으로 입에 올리면 격이 떨어지고 심지어는 속물로 보일까 하는 걱정이 앞선다. 그런데도 모니터만 켜면 어떤 연예인 집은 얼마이고, 누가 쓰고 나온 모자가 어느 브랜드의 얼마라는 등의 기사와 검색어가 끊임없이 뜨고 있다. 사실 '있어 보이고 싶은' 욕망이 다른 어느 나라보다도 우리나라 사람들이 더 심한 것 같다. 이렇듯 돈이 가져다주는 이점과 편리함은 지나치게 강조되지만, 이상하게도 경제교육 현실은 그렇지 못하다.

대부분의 가정에서는 자녀가 돈을 모르는 것이 바람직하다고 여긴다. 어린아이가 돈을 알면 영악하다고 생각한다. 학교나 책에서는 대체로 부유보다 청빈이 훌륭한 가치라고 가르친다. '황금 보기를 돌같이 하라.' 라든지 '어떤 재상이 돌아가셨는데 장례 치를 비용마저 없을 정도로 가난했다.' 라는 식의 청백리 얘기에 감동을 받고 자랐다.

그런데 전 세계 인구의 0.2퍼센트에 불과하지만 노벨 경제학상 수상자의 65퍼센트를 배출했고, 글로벌 100대 기업의 40퍼센트를 소유하고 있으며 지구촌 백만장자의 20퍼센트를 차지하고 있는 유대인이 이처럼 경제 분야에서도 두드러진 활약을 펼치는 데는 이유가 있다. 어려서부터 가정에서 자연스럽게 경제교육을 받기 때문이라고 한다.

유대인 부모는 일상생활 속에서 자녀에게 합리적인 경제관을 가르친다. 예를 들면 이유 없이 용돈을 주지 않는데, 이를 통해 심부름 같은 정당한 노력을 해야 돈을 벌 수 있다는 사실을 알려 준다. 또 형제간 나이 차이가 있어도 같은 심부름에는 용돈을 똑같이 줘서 동일 노동, 동일 임금의 원칙을 깨닫게 해 준다고 한다.

돈의 가치도 현실적으로 가르친다. 유대인은 돈이 많은 사람이 훌륭하다는 가치관을 가지고 있다. 학문이나 지식이 뛰어나더라도 가난하면 존경받지 못한다. 이런 가치관은 돈에 대한 집념을 갖게 하고 창조적 기업가 정신의 원천이 된다. 또한 돈을 중시하지만 다른 한편으로 절약과 절제, 자선과 선행을 가르침으로써 돈만 아는 비정한 인간이 되지 않도록 경계한다.

꼭 유대인이 아니더라도 많은 선진국에서는 이미 오래전부터 어린이들에게 '돈', '시장', '경제'를 이론이 아닌 실생활에 속에서 가르치고 있다. 개인의 삶이 튼튼해야 나라가 부강해지기 때문이다. 올바른 경제관념과 부와 돈에 관한 인식 정립이 개인이나 사회를 건강하고 풍요롭게 하기 때문이다.

이 책은 이론적으로 접근한 경제서도 아니고, 열심히 일한 자만이 거부가 된다는 교훈서도 아니다. 오스트리아에서 평생 못난이로 살다가 이도 저도 싫다고 쿠바로 건너가 지혜로운 아내를 만나 추앙받게 되는 돈 호세 이야기도 나오고, 전쟁을 버티게 해 준 전 재산 금붙이를 포로수용소에서 돌아온 아버지의 양복 한 벌에 다 써 버린 어머니의 이야기도 나온다. 주인공이 힘든 현실을 딛고 살아가는 이야기를 따라가다

보면 내심 주인공이 대성하여 결국엔 큰 부자가 되기를 나도 모르게 바라게 되지만 대부분 결말은 꼭 그렇지도 않다. 그저 그만그만하게, 환경과 처지에 순응하며 나름대로 행복하게 살아가는 결말에는 맥도 빠진다. 아마 작가는 이런 이야기들을 통해서 삶이 꼭 공식적이지도 않고, 사람들의 삶과 그들이 가장 치열하게 부대끼는 시장, 그리고 돈에는 각기 다른 얼굴과 개성이 숨어 있음을 말하고 싶은 것 같다.

돈이 있으면 편리한 것은 말할 것도 없고, 존중받고 할 수 있는 일도 많아져 자유로울 수도 있다. 이토록 중요한 돈을 나는 어떻게 만들어 갈 것인지, 소중한 내 돈을 나는 무엇을 위해서 어떻게 지출할 것인지, 내 시장가치를 어떻게 만들어 가고 내 노동력에 대한 대가를 얼마나 요구할 수 있을지 여러분도 진지하게 생각해 볼 수 있는 기회가 된다면 좋겠다. 그래서 여러분 한 사람 한 사람도 마음과 물질이 고루 풍요롭고 행복한 부자가 되기를 바란다.

—안영란